THE HEROES OF TOLKIEN

托尔金的英雄

[加] 大卫·戴 著

李慧 译

目　录

引　言

第一部分　维拉纪元的英雄：维拉和迈雅

开篇　10

阿尔达的力量和古典万神殿　12

北欧视角　15

英雄和恶棍　22

第二部分　星辰纪元的英雄：埃尔达和辛达

埃尔达和埃尔达玛　28

大远行　34

达努神族　40

灰精灵辛达　41

灰精灵的辛达林语　45

打造精灵宝钻　46

第三部分　第一纪元的英雄：精灵和伊甸人

贝尔兰的诺多英雄　52

诺多国王和王国　54

贝尔兰的伊甸人英雄　56

屠龙者图林　58

贝尔兰的矮人　61

找寻精灵宝钻　63

埃兰迪尔的远航　66

愤怒之战　69

第四部分　第二纪元的英雄：诺多和努曼诺尔人

努曼诺尔的海王　78

托尔金的梦和历史　85

流亡的努曼诺尔王国：亚尔诺和刚铎　87

诺多精灵最后的王国　89

凯勒布林博和魔戒的力量　93

精灵和人类最后的联盟　97

目 录

第五部分　第三纪元的英雄：第一部分　登丹人和矮人

刚铎和亚尔诺的国王　102

早期托尔金　108

罗马尼安的北方人　109

洛汗国王　111

标记地领主　118

都灵和矮人七祖　119

第六部分　第三纪元的英雄：第二部分　霍比特人和矮人

霍比特人的起源　128

袋底洞的比尔博·巴金斯　134

巫师甘道夫　136

巫师和流浪的神　139

索林和同伴　141

窃贼比尔博·巴金斯　146

埃瑞博山之旅：孤山　147

半精灵大师埃尔隆德　148

咕噜和哥布林 150

比翁和贝奥武夫 152

幽暗密林和精灵王 155

埃瑞博山的金龙 158

五军之战 160

从霍比特人到英雄 163

第七部分 第三纪元的英雄：第三部分 霍比特人和登丹人

弗罗多·巴金斯和魔戒 169

山姆卫斯·詹吉 171

灰袍甘道夫 176

以巫师之名 177

梅林和甘道夫 179

英雄阿拉贡 183

阿拉贡、亚瑟和齐格鲁德 185

埃尔隆德和魔戒远征队 187

森林王国的莱戈拉斯 192

吉姆利和莫瑞亚之门 194

目 录

凯兰崔尔：罗斯洛立安的女人　196

阿尔温·暮星和白雪公主　198

战士国王和祖先的剑　200

波罗莫和罗兰　204

树须和树人　208

梅利、皮聘和艾森加德的毁灭　212

甘道夫：白骑士　214

山姆卫斯和大尸罗　218

金殿之王　219

圣盔谷和闪闪发光的洞穴　224

死之路　226

护盾少女伊欧玟　227

黑帆与刚铎之围　229

黑门战役　231

重联王国和神圣罗马帝国　232

和平使者弗罗多　234

最后一次航行：阿瓦隆和亚福隆尼港　235

引言

托尔金的英雄

托马斯·卡莱尔在其著作《论英雄、英雄崇拜和历史上的英雄事迹》(1840)中提出"世界历史不过是伟人的传记"的理论,这便是著名的"伟人理论",即历史是由少数"伟人"或英雄的意志和雄心所引导和塑造。这一理论在维多利亚时代广受欢迎,在20世纪和21世纪也颇受关注。

托尔金世界的历史在很大程度上是由其笔下的男男女女塑造的。在《指环王》中,刚铎和亚尔诺重联王国开国国王阿拉贡便是典型的卡莱尔式英雄。凭借其英勇、力量、野心和坚定的意志,阿拉贡引领了历史的进程,拯救了中土世界的自由民族。

然而,托尔金笔下的英雄与卡莱尔式的英雄也有诸多不同之处。托尔金笔下的英雄不仅仅是具有传奇色彩的天才和力量型男女,他们不但决定历史的进程,本质上还是命运的推动者。正如大多数童话和神话一样,在托尔金的作品中,命运是由"一脉血统"传达或传递。在托尔金的英雄中,英雄的血统非常重要,可以追溯到几千年前半神的起源。我们将在本书中反复看到,作者笔下的男女英雄都有丰富而深刻的背景故事,这些故事往往与传承祖先有着千丝万缕的联系,最终与各个朝代和民族的命运息息相关。

如果不了解阿拉贡和其王后阿尔温的祖先,就无法完全理解其

引 言

命运的本质。在《托尔金的英雄》中,对阿拉贡和阿尔温这一对恋人的评论,再加上"阿拉贡和阿尔温·暮星的精灵血统"图表,追溯其皇室血统至7000多年前的人类历史,以及另外10000年的精灵历史,包括四个原始的埃尔达家族、埃尔达玛和贝尔兰的精灵至高王。

同样,本书也是以此类方式组织行文:将托尔金所有的主要英雄人物及其祖先置于适当的历史背景和时间顺序中。如此利于读者,尤其是《霍比特人》和《指环王》的读者,深入了解托尔金作品中英雄行为背后的深层动机。

《托尔金的英雄》的另一个重点与托尔金世界的英雄在世界文学、历史和神话背景中的认知有关。该角度对托尔金至关重要。

托马斯·卡莱尔《论英雄》的开篇文章便是"英雄是神","英雄"一词也应包括神话人物,如奥丁和其他北欧诸神。因此,在《托尔金的英雄》中,开篇为托尔金世界的神圣英雄——爱努(维拉和迈雅)——类比北欧诸神(阿塞尔和华纳尔),以及万神殿的希腊-罗马奥林匹斯诸神的其他神圣"英雄"。

因此,尽管托尔金笔下的神一般的维拉和迈雅是非凡且独特的创作,但此类人物形象必定借鉴了北欧和希腊-罗马诸神。例如,托尔金笔下住在塔尼魁提尔的爱努之王曼威,与坐在至高王座的阿

托尔金的英雄

塞尔之王北欧奥丁类似，且与希腊－罗马神话中奥林匹斯山众神之王宙斯或朱庇特相似。

托尔金意欲创造典型的神圣和俗世英雄的万神殿，将其中土世界和海外仙境的宇宙观与其他国家真实的神话传统抗衡。托尔金认为，除了贝奥武夫和一些幸存的诗歌片段，英国人（盎格鲁－撒克逊人）"没有自己的故事，不具备我所追求的品质，但我却在其他国度的传说中找到了"。

因为托尔金除了想讲好故事之外，最大的抱负便是为英国创造神话。"我想创造出一个或多或少有关联的传说，大到宇宙的起源，小到浪漫的神话故事……我只是要把它奉献给英国，我的祖国。"

因此，在《托尔金的英雄》一书中，读者会发现，托尔金笔下精灵宝钻的创造者——高等精灵英雄费艾诺与芬兰史诗《卡莱瓦拉》中桑波的创造者——超自然铁匠伊尔玛利宁类似。同样，在诺多至高君王芬国盼身上能看到不死的达努神族众神之父爱尔兰君王达格达的影子。

托尔金本人也承认，《精灵宝钻》中贝伦和露西安这对命运多舛的恋人的故事，灵感来自古希腊神话中的俄耳甫斯和欧律狄刻。

而托尔金笔下的屠龙者图林·图伦拔，在生活和冒险的许多方

引 言

面都与北欧神话的屠龙者齐格鲁德类似,后者是《沃尔松格传说》中的英雄。

此外,托尔金的佩瑞希尔(半精灵双胞胎)之不死之身埃尔隆德和凡人爱洛斯,在一定程度上受到了希腊神话中狄俄斯库里兄弟(神之双生子)之拥有永恒生命的波鲁克斯和凡人卡斯托尔的启发。而另一对兄弟,刚铎的创建者伊熙尔杜和阿纳瑞安,可类比罗马建造者罗慕卢斯和勒莫斯兄弟。

在《指环王》中,我们可以看到亚瑟王传奇中"国王归来"主题的许多要素,体现在亚瑟王和他的导师巫师梅林的故事中所预示的英雄阿拉贡和甘道夫的行为中。

其他英雄的灵感来自不那么"浪漫的童话"。本书读者可能会惊奇地发现,矮人国王都灵的原型,以及托尔金最伟大的三位王后——阿尔温·昂多米尔、罗瑞恩的女主人凯兰崔尔和瓦尔妲·埃兰帖瑞,都可在童话《白雪公主和七个小矮人》中找到影子。

还有其他英雄受到历史人物的启发。洛汗国王希优顿在很大程度上受到了具有历史意义的公元前5世纪哥特国王迪奥多里克的启发;而国王圣盔·锤手(圣盔堤的建造者)可与历史上著名的麦西亚国王奥发(奥发大堤的建造者)联系起来。当然,托尔金自己也

托尔金的英雄

承认,阿拉贡成为重联王国的至高王,堪比查理曼成为神圣罗马帝国大帝。

有趣的是,在《精灵宝钻》和中土世界与海外仙境的编年史中,在第三纪元下半叶霍比特人出现之前,托尔金的英雄大致符合卡莱尔理想的"伟人"形象。然而,在孤山之旅和魔戒战争中,真正的命运使者并非总是最抓人眼球的英雄。

虽然在《霍比特人》和《指环王》中有很多经典的英雄,但真正的命运使者并非皆是通常意义上"善良和伟大"的人。正如托尔金在其小说中所言,正如生活中一样,往往可以在最"不可能"的地方找到勇气。

在《霍比特人》中,比尔博·巴金斯不情不愿地做了英雄,触发了终结黄金龙史矛革恐怖统治的一系列事件。在《指环王》中,树人摧毁艾森加德是梅里雅达克·烈酒鹿和皮瑞格林·图克干预的结果。同样,梅里雅达克·烈酒鹿也在杀死巫王的过程中起到关键作用,而杀死大蜘蛛尸罗的是山姆卫斯·詹吉。最终,是卑微的弗罗多·巴金斯,而非强大的"传统"英雄阿拉贡,站在末日裂隙,将魔戒战争带至灾难性的尽头。

托尔金对英雄的理解比卡莱尔更为深刻,他对英雄主义本身的

引 言

理解也是如此。托尔金个人对英雄主义的看法可以从他的作品中推断出来（虽然他不能自诩勇敢），他最喜欢的角色是《指环王》中的刚铎公爵法拉米尔。

所以，如果我们把法拉米尔看作是作者的代表人物，托尔金的观点可以用这位英雄雄辩的陈述来概括："我不喜欢亮剑的锋利，不喜欢箭的迅捷，也不喜欢勇士的荣耀。我只爱他们捍卫的事物。"

与本系列的所有书籍一样，《托尔金的英雄》以内容丰富、通俗易懂的方式写成并配图。《托尔金的英雄》中所有的插图、图表和注释都有利于阅读和理解托尔金作品。该系列作品可为读者从全新的、有趣的视角来了解托尔金的世界，但并不能取代原著。

雅凡娜 · 齐门泰芮

第一部分

维拉纪元的英雄:
维拉和迈雅

开篇

在约翰·罗纳德·瑞尔·托尔金的阿尔达（世界）的创作中，爱努大乐章是《精灵宝钻》的第一部分，《圣经》式的语言和主题令故事愈发宏伟。在这一创世故事中，在表象的多样性背后，托尔金的概念为单一的神圣实体，与犹太－基督教的上帝希伯来的耶和华（Yahweh）（在英语世界中通常被拉丁化为"Jehovah"）类似。

托尔金的"独一者"一如，精灵称其为伊露维塔，"众生之父"，类似耶和华。开篇，托尔金告诉我们，一如·伊露维塔的"思想"是以神圣使者爱努的形式存在的。这些强大的灵魂堪比犹太-基督教的天使和大天使。在创造世界之前的永恒之殿里，伊露维塔命令爱努在天上唱诗班中歌唱。这天使般的音乐揭示了一如·伊露维塔"过去、现在和未来"的愿景。

犹太－基督教传统的作用对托尔金富有想象力的写作在道德意义上深刻而悠远。然而，在其他大多数方面，早期的犹太－基督教世界与托尔金的世界都截然不同。

因为尽管托尔金笔下的居民并不十分崇拜"神"，其信仰更接

第一部分 维拉纪元的英雄：维拉和迈雅

近古希腊、罗马和日耳曼民族的泛神论，而非古代以色列人强烈的一神论。

"独一者"一如

阿尔达的力量和古典万神殿

在《精灵宝钻》的第二部分"维拉本纪"中,在早期历史里,爱努伟大而善良的英雄进入时间和空间的维度,并在新创建的阿尔达世界中以物质的形态呈现。新转化的实体分为两部分:主神维拉和次神迈雅。托尔金承认,这些人物与欧洲异教神话中的神和半神极为相似,尤其是古希腊和罗马的神。

维拉和迈雅是统治"阿尔达的力量",在描绘其到来时,托尔金欲为整个神话体系奠定基础。托尔金希望这个被他描述为"大到宇宙的起源,小到浪漫的神话故事"的体系能够令人信服,足以与欧洲国家的神话传统和文学相媲美。

托尔金在维拉和迈雅是阿尔达唯一或主要占领者的时期留下了一些矛盾的争议,但按照人类衡量时间的方式,从阿尔达的诞生到精灵初生种族的觉醒,肯定不少于2万年。

第一部分 维拉纪元的英雄：维拉和迈雅

维拉纪元见证了维拉和迈雅孜孜不倦地建造阿尔达的物质世界，孕育出许多新的生命形式。

维拉之首曼威是大气之神，在至高之山塔尼魁提尔的宫殿（伊尔马林）的宝座中主宰世界。曼威正如宙斯，罗马人将宙斯类比为朱庇特，是众神之王，宝座和宫殿坐落于奥林匹斯山顶，这是早期希腊人所知的最高的山。鹰对宙斯和曼威而言皆是神圣的代表，二者都是凶猛的、长着胡须的风暴之神。

曼威最强大的兄弟，阿尔达众水之王乌尔莫和曼督斯神殿之主曼督斯，在希腊-罗马神话中有着直接对应的人物形象。乌尔莫和波塞冬有很多共同的特点，波塞冬是希腊海神，罗马人称其为尼普顿。二者皆以巨大的、蓄着胡须的海洋领主的形象出现。海洋领主也掌管地震，在海啸的浪尖上驾驶着甩着泡沫的马车。

曼督斯是维拉的末日预言家，也被称为那墨，与希腊冥王哈迪斯有许多共同之处，罗马人将哈迪斯称为普鲁托。二者都统治着死者或等待的灵魂所在的封闭王国，而且他们都预先知道凡人和神仙的命运。

在维拉的众神中,雅凡娜是赐与果实者,她的妹妹瓦娜是百花之王,她们直接对应希腊-罗马的万神殿中的希腊丰收和农业女神德墨忒尔(罗马神话中的克瑞斯),及其女儿春天女神珀耳塞福涅(罗马神话中的普鲁塞庇娜)。

瓦尔妲·埃兰帖瑞是曼威的妻子,大致可与希腊女神、宙斯的妻子赫拉(罗马神话中的朱诺)类比,二者级别皆为王后。然而,她们的不同之处在于赫拉是婚姻和家庭的女神,而瓦尔妲是星之瓦拉;赫拉善妒且热衷于复仇,而瓦尔妲则是爱和仁慈的化身。在此方面,瓦尔妲实际上与希腊的星之女神阿斯忒瑞亚更为相似。

托尔金的维拉之神铁匠奥力,与希腊的赫菲斯托斯和罗马的伏尔甘相对应。二者都能从地球上的金属和元素中锻造出数不清的奇迹,且皆为众神的军械库和珠宝商。其他与希腊-罗马诸神相当的维拉还有战神图尔加斯,与希腊力大无穷的赫拉克里斯(Heracles)[罗马神话中的赫克勒斯(Hercules)]有许多相似之处。狩猎之神欧罗米与希腊英雄猎人俄里翁较为相似。

瓦尔妲·埃兰帖瑞

北欧视角

尽管希腊-罗马诸神的影响在托尔金的维拉众神的等级结构和属性方面最为明显,但在外观和性情上,维拉和迈雅与北欧——北欧和其他日耳曼民族——诸神有更多相似之处。

北欧神话中弥漫着一种狂野而黑暗的厄运感,使其与希腊-罗马诸神的阳光明媚的地中海世界有一定的距离,尽管诸神之间充满了嫉妒和愤怒,但他们仍具有某种智慧和理性的精神。相比之下,北欧神话中的英雄和托尔金故事中的大多数英雄都持有一种淡定宿命论的哲学,以及(通常)鼓励追求无畏勇士之死的顽固的个人荣誉准则。北欧英雄和托尔金笔下的英雄都在等待末日,等待一场巨大的灾难终结世界。这便是元素力量的巨大冲突,维京人称之为"诸神的黄昏",托尔金称之为"世界末日"。

托尔金的英雄

托尔金对世界末日的愿景被刻意掩盖，但维京人的诸神的黄昏与托尔金在愤怒之战中灾难性的大战明显相似。诸神的黄昏是一场神与巨人之间的战斗，当守护之神海姆达尔吹响号角时，战斗就会开始。同样，托尔金灾难性的伟大战斗也由维拉的传令官埃昂威吹响号角。

托尔金的灵感来源更为广泛，而非对宇宙学的简单比较。然而，北欧神话对托尔金世界的塑造有着深刻且不可磨灭的影响。我们可以从北欧诸神之王的复杂性入手，将其与托尔金笔下的维拉之首曼威进行比较。

当然，大气之神曼威更像是奥林匹亚的宙斯。然而，曼威伪装成"天上的统治者"瓦尔德·瓦格布劳塔时确实与北欧诸神之王有一些共同点。曼威和奥丁都很严肃，灰白胡须、体型巨大，都穿着蓝色斗篷。二者都被认为是最聪明和最可怕的神。曼威，作为维拉和迈雅之首，坐在至高之山塔尼魁提尔，从此处可看到整个世界。阿塞尔之王奥丁，坐在至高王座，在阿斯加德仙宫的瞭望塔，以其独一无二的全视之眼盯着所有九个世界。

北欧的海神尼约德与托尔金的众水之王乌尔莫相似。乌尔莫用他那海螺大号角乌露莫瑞宣告自己的到来。在服务乌尔莫的迈雅海洋精灵中，有波涛之神欧西及其妻子——带来平静洋流的诸海之后乌妮。二者对应北欧海神埃吉尔和女海神澜。

第一部分 维拉纪元的英雄：维拉和迈雅

  曼威的妻子瓦尔妲·埃兰帖瑞时常和北欧神话中奥丁的妻子弗丽嘉比较，而后者常与托尔的妻子、华纳尔女神芙蕾雅混为一谈。但她们都不是瓦尔妲这样的天空之神，瓦尔妲尊号"埃兰帖瑞"，在昆雅语中意为"星宿之后"。

  北欧神话中也没有一个铁匠之神能与托尔金笔下的奥力相比，矮人称奥力为"造物主"，因为他创造了矮人种族。北欧神话中确实有矮人铁匠布洛克，为众神铸造武器和珠宝。此外，北欧神话还有一位传奇的凡人国王和英雄乌龙帝尔，也被称为"铁匠韦兰"。

  托尔金的故事和北欧神话中的死亡领域如二者的统治者一样大相径庭。末日预言家曼督斯是曼督斯神殿中严厉而仁慈的主，而掌管尼福尔海姆冥界的北欧统治者是恐怖的女神海拉，她的客人都是病死的鬼魂。

下页：众水之王乌尔莫

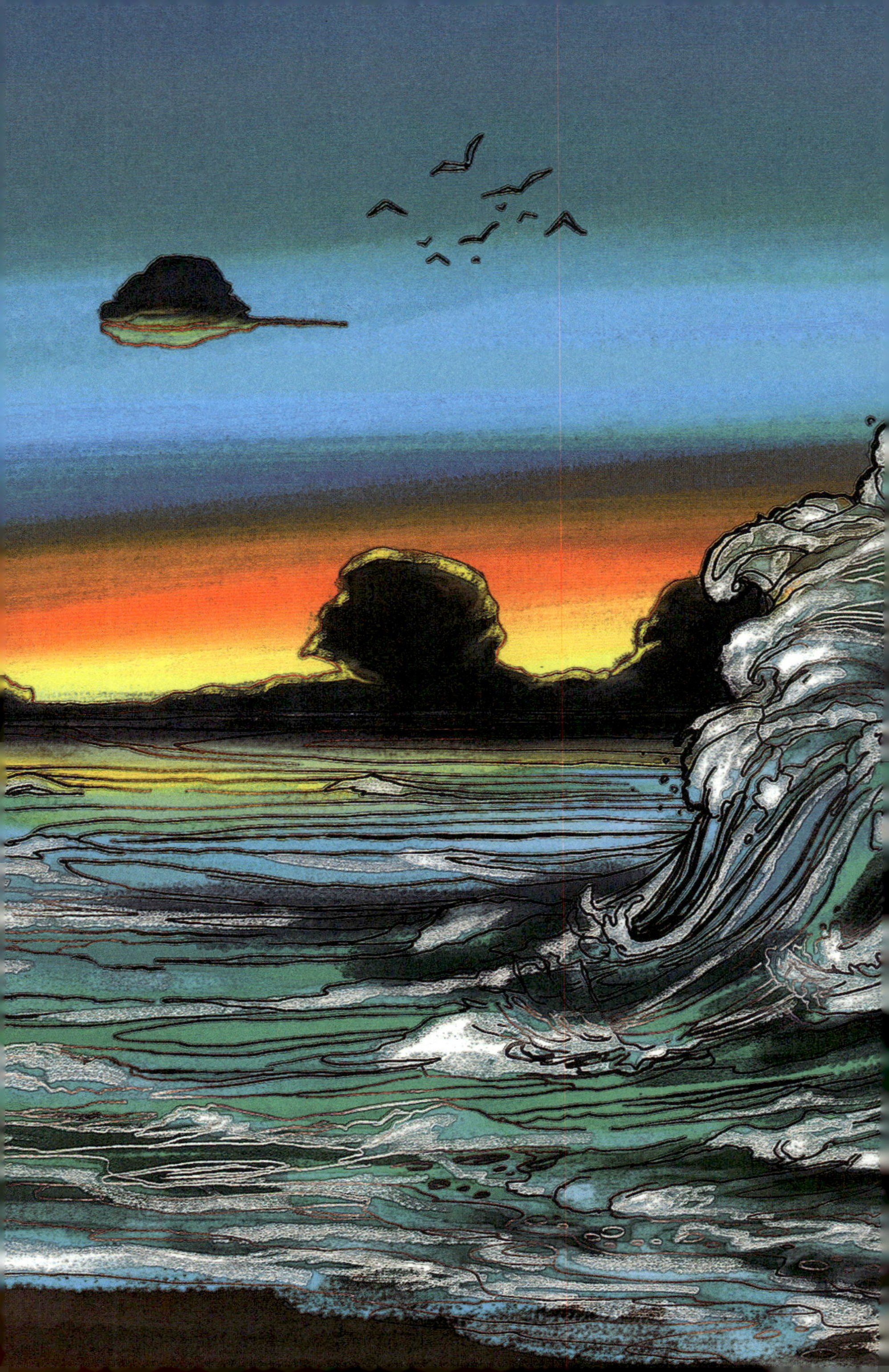

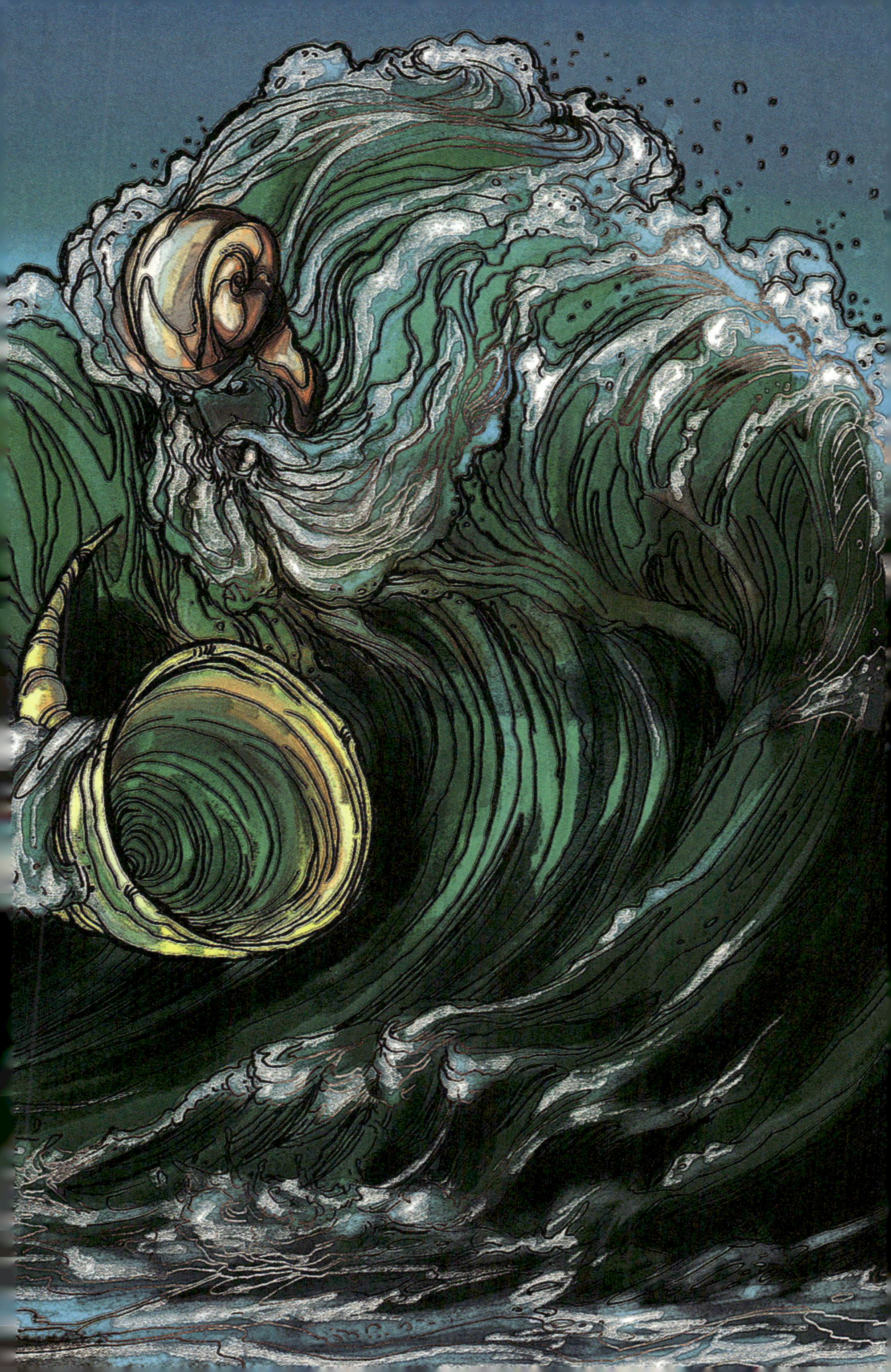

雅凡娜·齐门泰芮

维拉的英雄战神图尔加斯与北欧雷神托尔之子大力神曼尼有部分相似之处。维拉的狩猎之神欧罗米，吹着狩猎的号角瓦拉罗玛，像骑乘风一样穿越阿尔达的森林。欧罗米的灵感来自诸神之父奥丁的化身——野猎之王沃登或沃坦。维拉生长万物的守护者雅凡娜与北欧神话的收获女神金发希芙息息相关。无独有偶，雅凡娜的妹妹、欧罗米的妻子——永葆青春的美人瓦娜，天生喜欢春天的花朵和森林里的鸟，似乎是北欧神话中春天女神约斯特雷和青春女神伊登的结合体。

休憩女神艾丝缇和北欧神话的埃尔都是治愈型女神，托尔金的悲哀女神尼尔娜和北欧神话的守护女神赫琳是互补的哀悼、悲伤和安慰女神。维拉有梦之神罗瑞恩，北欧神话的夜之女神诺特也是梦之神。

托尔金的编织女神薇瑞和北欧神话的乌尔德都是掌管命运的女神。

在迈雅的精灵中,我们还发现了和北欧神话类似的太阳和月亮的化身。北欧太阳的化身是女性的苏恩,对应迈雅的火焰神灵、太阳守护者爱瑞恩;北欧月亮的化身是男性的玛尼,对应迈雅手拿银色弓的月亮守护者提里昂。但是古希腊的天体性别与北欧和托尔金截然相反,古希腊崇拜太阳神赫利俄斯和月亮女神塞勒涅。

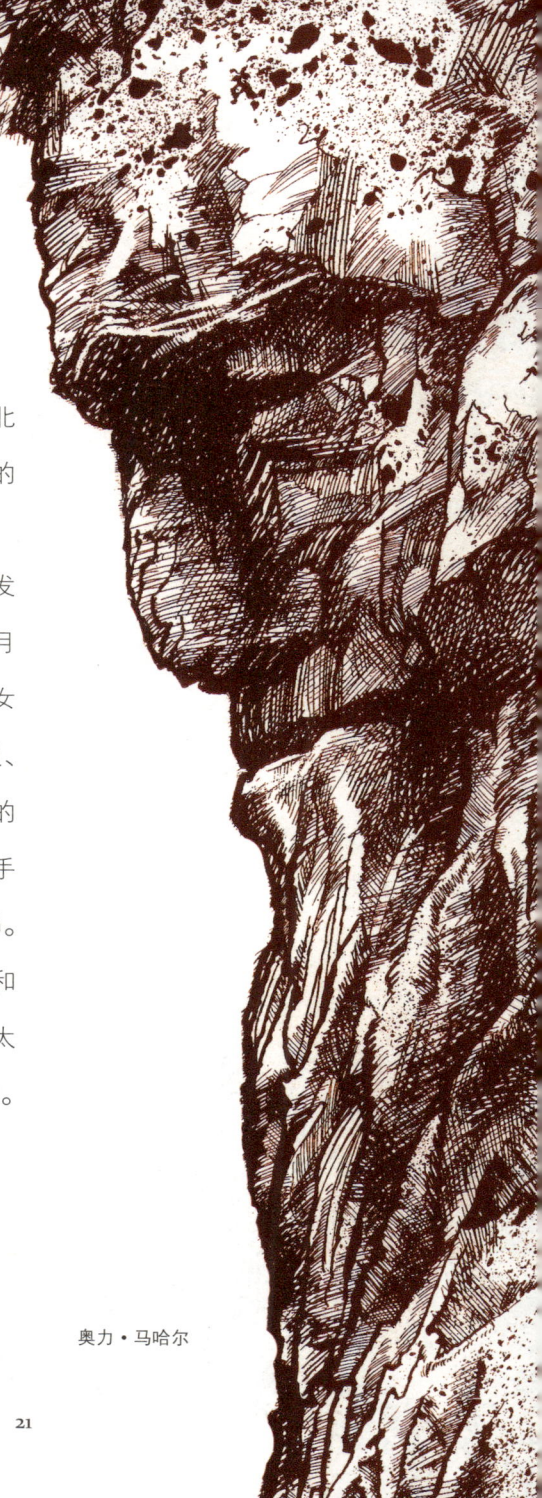

奥力·马哈尔

太阳神爱瑞恩和月亮神提里昂

英雄和恶棍

在简短回顾维拉和迈雅时，我们自然将重点放在"英雄"身上，而非托尔金笔下世界中的反派和大恶棍身上。但是，堕落的维拉——米尔寇/魔苟斯同样值得注意。托尔金在塑造米尔寇这个撒旦般的人物时，借鉴了北欧神话的主神奥丁。他并未借鉴奥丁较为仁慈的众神之王的形象，而是借鉴了术士之王的形象。

奥丁是北欧神话中最为复杂和矛盾的人物之一。作为魔法之神、众神之王，奥丁还是胜利之王、智慧之神，其神格包括诗歌、爱和魔法。因此，奥丁可能是托尔金创作史诗故事时最重要的灵感来源。我们可以从众多对比鲜明的角色中看到奥丁的影子，如维拉之首曼威和黑暗大敌米尔寇/魔苟斯；灰袍巫师甘道夫和白袍萨鲁曼。最重要的是，"指环王"身上也有奥丁的影子，在北欧神话中，术士之王奥丁通过德罗普尼尔金环（"滴落者"）的魔力统治九大世界。德罗普尼尔金环每隔九天就会生出八个一模一样的金环。

托尔金的英雄

尽管托尔金笔下的世界与其他许多国家和文明的传说和神话联系诸多,但是我们不可否认,作者的天才之处在于他可以将所有此类元素整合成独立的神话体系。如果没有托尔金整合想象力的非凡能力,就只会剩下一个由神话主题和典故组成的僵硬世界,而不会有如今令其角色栩栩如生的创作火花。但是,托尔金实现了他的愿望——创作出一部可以与神话传说和各国文学相媲美的作品。

迈雅	希腊-罗马神	北欧神
埃昂威 曼威的传令官	赫耳墨斯/墨丘利	海姆达尔 阿塞尔的看守人
伊玛瑞 瓦尔姐的婢女	阿斯忒瑞亚/处女座	光明之神伯赤塔
爱瑞恩 太阳	赫利俄斯/索尔	苏恩 太阳
提里昂 月亮	塞勒涅/露娜	玛尼 月亮
欧西 迈雅波涛之神	庞度斯	埃吉尔 海神
乌妮 迈雅平静洋流之神	塔拉萨	澜 女海神

第一部分 维拉纪元的英雄：维拉和迈雅

维拉	希腊-罗马神	北欧神
曼威·苏利缪 大气之神	宙斯/朱庇特 天空之神	奥丁·瓦尔德 阿斯加德的众神之王
瓦尔妲·埃兰帖瑞 星宿之后	赫拉/朱诺 众神之后	弗丽嘉/芙蕾雅 埃吉尔/华纳尔女神
乌尔莫 众水之王	波塞冬/尼普顿 海神	尼约德 华纳尔海神
雅凡娜·齐门泰芮 大地之后	德墨忒尔/克瑞斯 大地女神	金发希芙 收获女神
永葆青春的瓦娜 春之维拉	珀耳塞福涅/普鲁塞庇娜 春天女神	约斯特雷/青春伊登 青春与春天之神
奥力·马哈尔 维拉工匠之神	赫菲斯托斯/伏尔甘 工匠之神	乌龙帝尔/韦兰 工匠之神
曼督斯·那墨 冥府之王	哈迪斯/普鲁托 冥府之王	尼福尔海姆的海拉 冥界女神
图尔加斯·阿斯塔 最强壮的维拉	赫拉克里斯/赫克勒斯 大力神	大力曼尼 最强壮的阿塞尔
欧罗米·提奥罗 狩猎之神	俄里翁 狩猎之神	沃登/沃坦 荒野狩猎之神
轻盈妮莎 森林维拉	阿尔忒弥斯/狄安娜 森林女神	霍尔达/霍利 森林女神
罗瑞恩·伊尔牟 梦之主宰	摩耳甫斯/纳迦 梦神	诺特/夜 梦神
休憩女神艾丝缇 治愈维拉	海吉亚 治愈女神	悲悯埃尔 治愈女神
哭泣者尼尔娜 悲痛维拉	潘透斯/卢图斯 悲痛之神	守护女神赫琳 哀悼女神
编织女神薇瑞 命运编织者	克洛托/诺娜 命运三女神之一命运编织者	乌尔德 北欧命运编织者

第二部分

星辰纪元的英雄:
埃尔达和辛达

埃尔达和埃尔达玛

托尔金在描述他的精灵、人类和矮人的创作时,提到了"苏醒",这意味着各种族在抵达中土世界之前,在某种意义上就已经存在了,但这是概念上的存在,而非物质上的存在。精灵从苏醒的那一刻起就与星光联系在一起。就在天空女王瓦尔妲·埃兰帖瑞在中土世界黑暗的天空中点燃星辰的同一时刻,一如·伊露维塔最先创造的精灵被"苏醒之水"奎维耶能唤醒,标志着第一纪元和精灵英雄纪元的开始。历史上第一位精灵英雄是精灵至高王英格威,被称为"精灵的摩西"。在希伯来《圣经》中,摩西由神指引,带领希伯来人出埃及至迦南地,英格威应维拉召唤,引导第一代精灵进行大远行,离开中土世界,前往精灵的"迦南地"埃尔达玛(精灵之家)。英格威是精灵第一种族凡雅——"白皙美丽的精灵"的首领。《贝奥武夫》中北方英勇的战士英格德是弗洛达的儿子,也是希思伯德的王子、盾甲丹麦人的仇敌,英格德是英格威名字的来源。

托尔金发现,在这个故事的背后是一位"名为英格德的天使之神"。

第二部分 星辰纪元的英雄:埃尔达和辛达

托尔金笔下的精灵至高王英格威,正如《圣经》中的摩西,在《精灵宝钻》中带领子民来到"迦南地"。摩西在到达迦南地之前,死在尼波山上,但英格威陪伴子民走到了旅程的尽头。在托尔金笔下,在埃尔达玛的图娜山,英格威建起了提力安城的白塔和水晶楼梯,并作为埃尔达的至高王在此统治了一段时间。后来,英格威带着大部分凡雅离开,最终定居于塔尼魁提尔的斜坡,此处是维拉之王曼威·苏利缪的神殿。芬威是精灵第二种族诺多的首领,他穿越中土世界的荒野进行大远行,抵达维拉的海外仙境。

精灵向西迁徙

托尔金的英雄

在高等精灵语言昆雅语中,"诺多"意为"知识"。在托尔金的初稿中,这些精灵原被称为"侏儒"(源自希腊语"gnosis",也是"知识"的意思)。

在《精灵宝钻》中,诺多由于其激情和缺陷,就像希腊悲剧或北欧传说中的人物,往往塑造出一种悲剧式的宏伟,因此成为托尔金大部分英雄故事的焦点。托尔金表示诺多是精灵中最伟大的工匠,擅长铸造珠宝、锻造金属,定居在埃尔达玛的不死之地,成为了工匠之神奥力的学徒。奥力是精灵的导师,其角色与希腊神话的普罗米修斯相似。普罗米修斯给予人类火种,进而奠定了人类的文明基础。诺多从奥力处得知在地球深处探索宝藏的秘密。由于诺多的知识和技能,诺多(在昆雅语中的含义)被称为"知识渊博的精灵"。

埃尔达的第三种族泰勒瑞由奥尔维国王带领进入海外仙境,他们是最晚到达的一批。托尔金将精灵分为几大"种族",似乎借鉴了威尔士神话的精灵分类——泰维斯·蒂格,或"美丽的种族"。泰勒瑞是人数最多的一族,他们热爱星辰和大海,希望在星光闪烁的埃尔达玛海岸定居。

奥尔维在埃尔达玛湾的"孤独之岛"托尔埃瑞西亚建立了主要的港口——亚福隆尼港和城市。岛上其他城市很快也渐渐繁荣。奥尔维以其长长的白发和蓝色的眼睛而闻名,他最后探索了北部海岸,在此建立了泰勒瑞最伟大的城市——天鹅避难所澳阔隆迪。

第二部分 星辰纪元的英雄：埃尔达和辛达

亚福隆尼体现了托尔金的一种典型文学手法——声称自己在虚构的精灵历史中发现了真实传说的"真正"起源。在该例中，亚福隆尼预示阿瓦隆岛屿和中土天堂。阿瓦隆是亚瑟王最终的栖息地，由九位仙后在那里治愈。阿瓦隆意为"苹果岛"，类比希腊神话中的赫斯帕里得斯的金苹果圣园，阿特拉斯和赫斯珀瑞斯（西风）的美丽女儿在此悉心照料结出永生金苹果的树。托尔金在讲述海外仙境维拉的光之树的记忆与梦想时，一定受到了西方岛屿和土地上"太阳的金苹果"和"月亮的银苹果"故事的启发。

下页：埃尔达玛提力安城

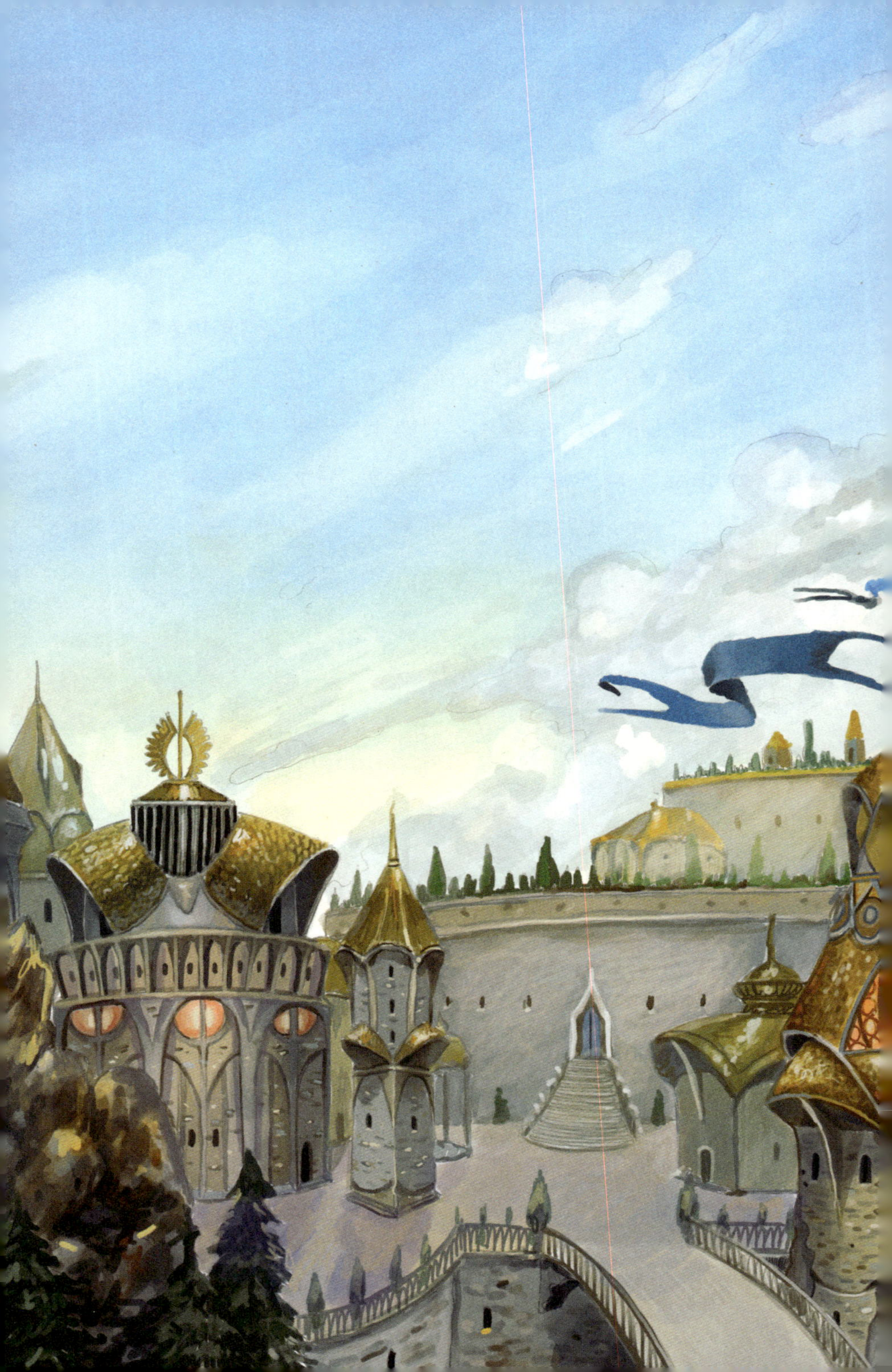

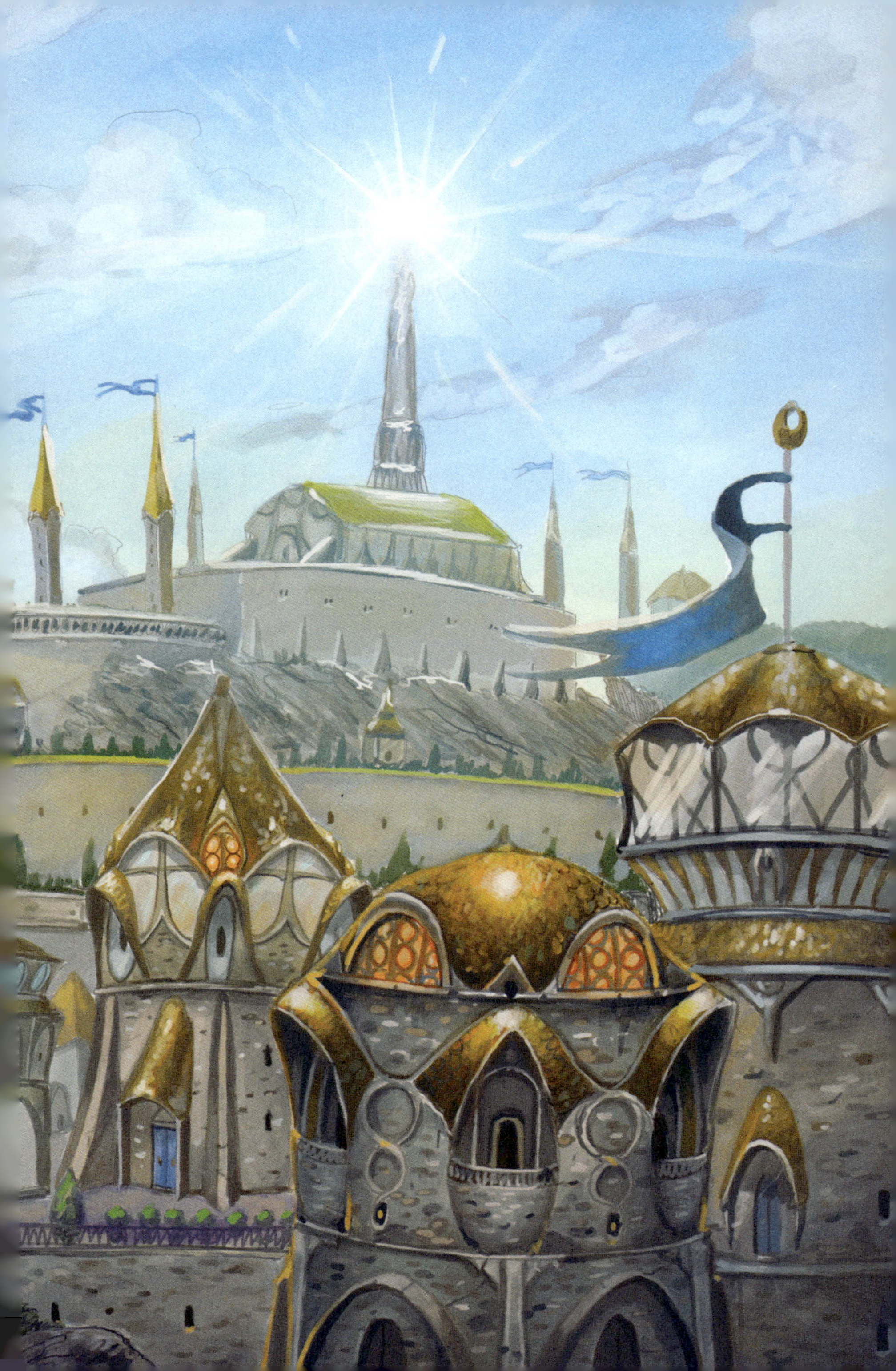

大远行

托尔金的精灵大远行从许多失落的传统和神话中找寻灵感，以此描绘精灵，这些传统和神话随着历史的推移简化为单个的词语：光芒、黑色、绿色、灰色、海洋、森林、河流或树木。托尔金重拾这些失落已久的民族的记忆，灵气在文学作品中重新焕发生机。在《精灵宝钻》中，托尔金赋予精灵40多个种族、民族和城邦的悠久历史以生命和背景。

托尔金坚持将"精灵"（Elfin）壮大成"精灵族"（Elevn）以描绘故事。托尔金希望将"精灵"塑造成独特、至关重要的"物种"。在许多语言中，"精灵"这个词与"白色"有关（例如，拉丁语的"alba"和希腊语的"alphos"都表示"白色"），该词与"天鹅"也有关。英国曾被称为奥尔滨，托尔金暗示此名可直译为"精灵之地"。

在北欧神话中，记载了亚尔夫海姆（意为"精灵之家"）的"光之精灵"和地下斯瓦特海姆（意为"黑精灵之家"）的"黑暗精灵"。托尔金恢复了后者的地位，其存在可以用精灵在大远行中的"分裂"来解释。

第二部分 星辰纪元的英雄：埃尔达和辛达

托尔金笔下的卡拉昆迪（"光之精灵"）是埃尔达，是来到埃尔达玛（"精灵之家"）的高等精灵。托尔金的莫利昆迪（"黑暗精灵"）是阿瓦瑞，或是拒绝者，他们一直生活在中土世界东部的星光下，从未见过海外仙境神圣的光之树。

在精灵的大远行中，托尔金还将精灵与古凯尔特人的神话联系起来。为此，维拉的狩猎之神欧罗米在中土世界东部发现精灵，他们由欧罗米引导前往不死之地，托尔金在讲述该故事时受到了古英国类似人物传说的启发。威尔士的阿隆和欧罗米一样是不死猎人，像风一样穿过凡人世界的森林。阿隆与凡间的威尔士国王交朋友，并充当其进入安雯地下世界的向导。欧罗米被辛达称为"猎人阿诺"更是证实了此点。

托尔金笔下的精灵主要融入了爱尔兰和威尔士的凯尔特神话、传说和传统色彩。精灵本身就具有凯尔特的特征，而托尔金笔下的人类则具有盎格鲁-撒克逊人的特征，他们将不列颠人和其文化发扬光大。

在托尔金之前，"精灵"是一个模糊的概念，至少在现代是如此。精灵通常与小精灵、花仙子、侏儒和妖精联系在一起，这些小精灵皆为身材矮小、无足轻重。

托尔金笔下的精灵并不是一群小精灵，而是一个强大的、充满活力的民族，十分类似于爱尔兰人类存在以前的不死种族——达努

托尔金的英雄

神族。托尔金笔下的精灵和达努神族一样,比凡人更高、更强壮,不会生病,比人类更美且充满智慧。他们拥有护身符、珠宝和人类可能认为具有魔力的武器。

托尔金的精灵骑着超自然的马,能听懂动物的语言。他们热爱歌曲、诗歌和音乐,都能完美地创作和表演。

英格威领导凡雅进行大远行

第二部分 星辰纪元的英雄:埃尔达和辛达

下页:泰勒瑞的奥尔维

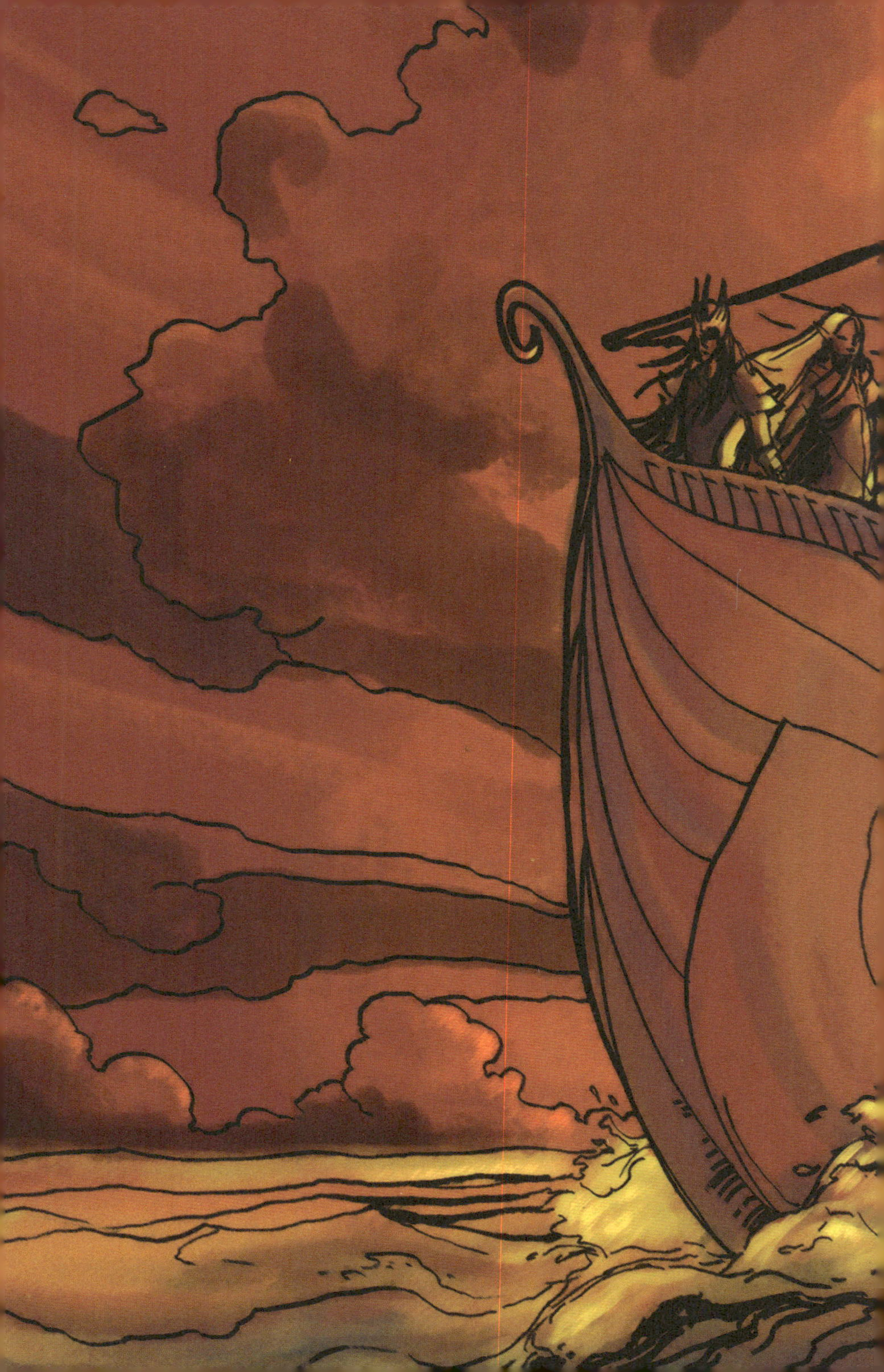

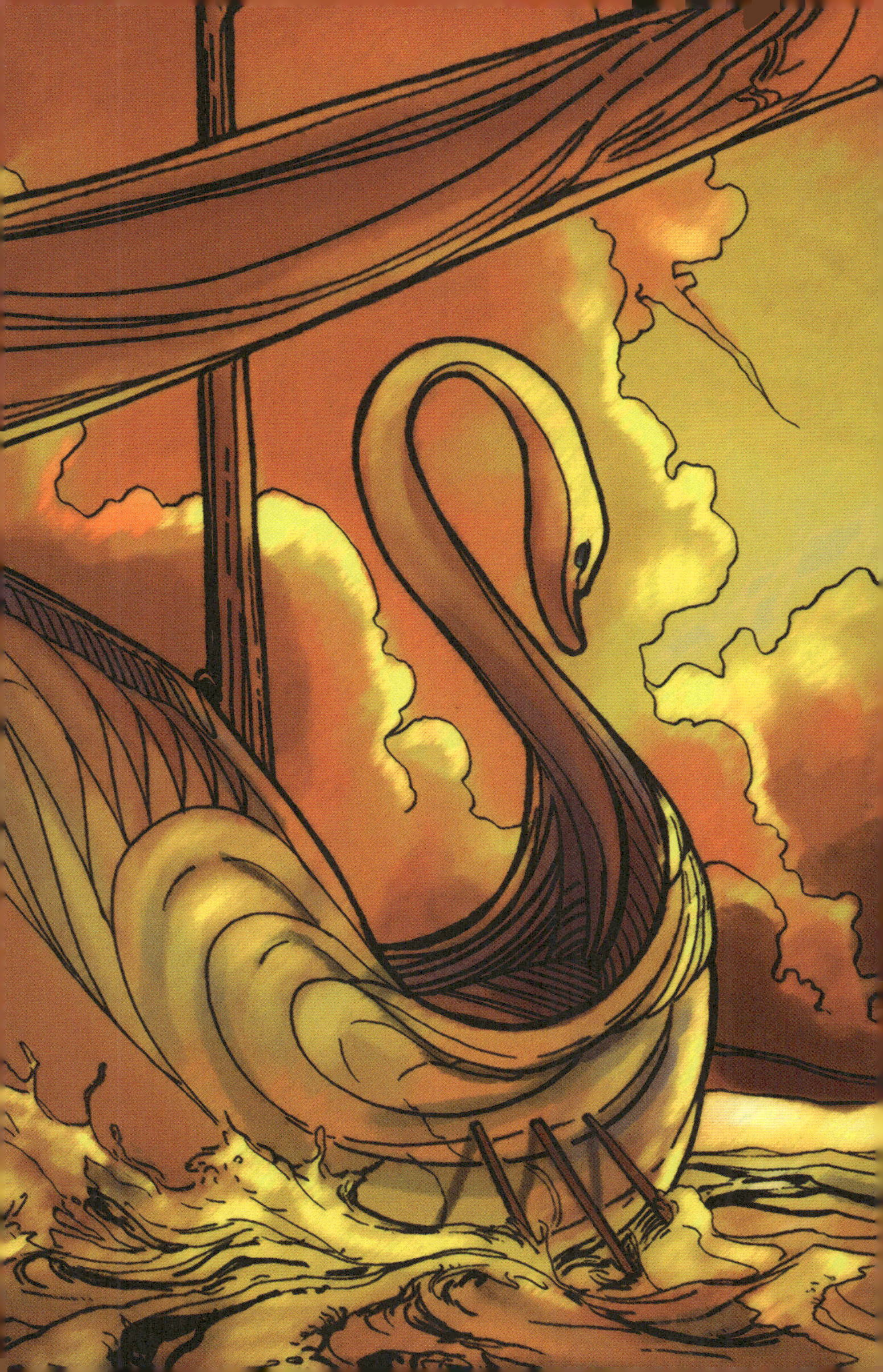

达努神族

随着人类从东部移居到爱尔兰，达努神族逐渐撤出爱尔兰。托尔金一直以来的主题都是中土世界精灵力量的衰落，他遵循了凯尔特神话和历史传统。精灵向西航行，穿越大海，到达永生之国，留下人类统治中土世界日益缩小的凡间，这在很大程度上影射了达努神族的衰落。

精灵和达努神族都是永生的，因为他们的生命无限，虽然也可能被杀死。托尔金遵循凯尔特传统，认为永生者不能在尘世中生存，除非放弃其法力。最终，可以选择继续活在人类的世界，或是永远离开这个世界，进入人类无法理解的、不朽的、永恒的世界。

尽管托尔金在创造精灵时借鉴了凯尔特神话的元素，但他自己对这些想象的生物的贡献非凡。托尔金利用达努神族粗略的神话传说，创造了一个庞大的精灵文明、历史和谱系。这一巨大的文化宝藏最初可能根植于神话和传说，但只有通过作者的想象才能真正开花结果。

第二部分 星辰纪元的英雄：埃尔达和辛达

灰精灵辛达

　除了黑暗精灵（从未见过阿门洲之光的精灵）和光之精灵（见过阿门洲之光的精灵）之外，托尔金还创造了一个新的精灵种族——被称为辛达或灰精灵的暮光精灵。在大远行初期，带领泰勒瑞向西迁徙的首领不是奥尔维，而是他的哥哥埃尔维。但在中土世界西北部的贝尔兰，埃尔维在迈雅·美丽安的蛊惑下放弃了大远行。迈雅·美丽安是一位美丽的精灵，曾经在阿门洲的罗瑞恩梦土中照料繁茂花木，如今栖身于贝尔兰的森林里。

　托尔金笔下的精灵与森林的关系像与星辰的关系一样密切。在托尔金《精灵宝钻》早期草稿中，贝尔兰原为布劳瑟良德（Broceland）。这个名字的灵感似乎来自中世纪亚瑟王传奇中发现的布劳瑟良德森林，基于布列塔尼半岛一个真实存在的森林。托尔金的贝尔兰，尤其是埃尔维统领的多瑞亚斯，在很大程度上是以布劳瑟良德为原型。传说布劳瑟良德是广袤的森林，林间魔法喷泉汩汩，岩穴洞壁生辉，宫殿隐匿其中，女巫的强力咒语庇护此地。

　托尔金解释称，当埃尔维从艾莫斯谷森林回来时，头发变成了

托尔金的英雄

埃尔维隐藏在明霓国斯的辛达城

银色,眼睛闪闪发亮,于是他将名字改成了"庭葛",意为"灰斗篷"。此时,大多数的泰勒瑞认为埃尔维不会回来,已动身前往埃尔达玛。留下来的精灵被命名为辛达或者"灰精灵",暗示着他们介于黑暗和光明之间的朦胧状态。庭葛国王和王后美丽安在艾莫斯谷森林建立了多瑞亚斯王国,王国里的金碧辉煌的住所是"千石窟"明霓国斯宫殿。

亚瑟王传奇中布劳瑟良德及其魔法的故事亦正亦邪,多瑞亚斯的魔法也同样恐怖。最著名的女巫是湖中妖女薇薇安,在家喻户晓的传说中,薇薇安在森林里的一棵荆棘树下发现了沉睡的梅林,将其囚禁在森林的"空气塔"中,自此梅林再也没出现过。薇薇安的

第二部分 星辰纪元的英雄：埃尔达和辛达

咒语令梅林消失，但据说直至今天，在森林里还能听到梅林微弱而遥远的声音，悲叹着自己的命运。

迷人又危险的森林王国是托尔金的作品中反复出现的主题——瑟兰督伊的幽暗密林王国和凯兰崔尔的领地、隐在迷雾山脉中的罗斯洛立安。上述地点的原型都是多瑞亚斯，这是贝尔兰精灵的至高王庭葛统领了数千年的祥和安宁、欣欣向荣的国度。在此期间，美丽安诞下了埃尔达与迈雅两族融合的唯一血脉——美艳绝伦的公主露西安，她是托尔金所作的史诗传奇《精灵宝钻》中的重要角色之一。

埃尔维、美丽安和露西安——辛达灰精灵的统治者

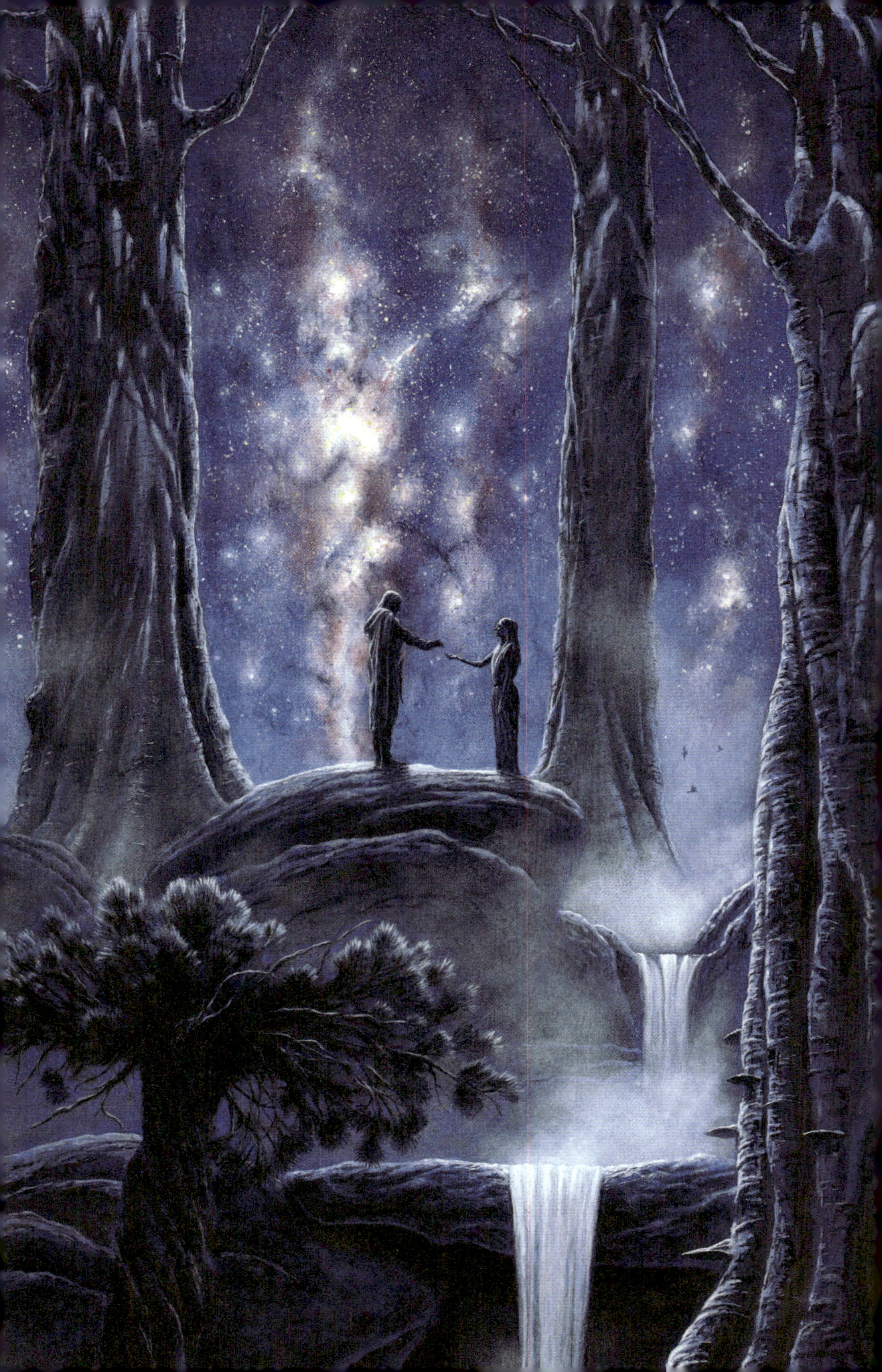

第二部分 星辰纪元的英雄：埃尔达和辛达

灰精灵的辛达林语

埃尔达玛的埃尔达语是昆雅，源于词根 quendi，意为"说话者"，因为精灵是第一个发展口语的种族，后来还发明了一种书面语言。正是灰精灵的辛达林语，成为中土世界西部精灵的通用语。

托尔金的精灵深受凯尔特文化的启发，最明显的一点体现在他发明的灰精灵语言辛达林语上。托尔金本人也指出，辛达林语对人名、地名和事物的命名"主要有意模仿威尔士语（非常相似，但并不完全相同）"，这两种语言的结构和发音都非常相似。

有几个词相同：mal 在威尔士语和辛达林语中都是"黄金"的意思。其他相近的词：du 在威尔士语中意为"黑色"，在辛达林语中意为"阴影"；calan 在威尔士语中意为"第一天"，在辛达林语中意为"白天"；ost 在威尔士语中是"主人"的意思，在辛达林语中是"城市"的意思；sam 在威尔士语中意为"石头堤道"，在辛达林语中意为"浅滩上的石头"。在拼写和意义上还有很多相似

对页：美丽安和庭葛

的词："堡垒"在威尔士语中是 cacr，在辛达林语中是 caras；drud 在威尔士语中意为"凶猛的"，而 dru 在辛达林语中意为"狂野的"；dagr 在威尔士语中意为"匕首"，而 dagor 在辛达林语中意为"战斗"。

还有一些拼写相同，但意思不同的词：adan 在威尔士语中是"鸟"，在辛达林语中是"人"；ucu 在威尔士语中是"天堂"，在辛达林语中是"水"；nar 在威尔士语中是"领主"，在辛达林语中是"太阳"。还有一些词有着奇怪的联系：iar 在辛达林语中的意思是"老的"，而威尔士语 iar 的意思是"母鸡"；然而，威尔士语中的 hen 实际上是"老"的意思。考虑到这一点，托尔金直接从威尔士语中选取了几个角色的名字：莫玟可以和威尔士语中的"女仆"联系起来；巴德意为"诗人"；巴拉希尔意为"长胡子"。

打造精灵宝钻

诺多第一任至高王芬威和弥瑞尔王后的长子费艾诺创造了三颗精灵宝钻。费艾诺出生时起名为费雅纳罗，后改为费艾诺，意为"火之魂魄"。费艾诺被认为在所有埃尔达中拥有最伟大的心智、身体和天赋。在某种程度上,费艾诺可与芬兰史诗《卡莱瓦拉》中超自然铁匠伊尔玛利宁相媲美。伊尔玛利宁创造了一件神秘宝物"桑波",为其主人带来了源源不断的财富和好运。桑波和精灵宝钻在很多方面与古希腊的丰饶羊角、中世纪的基督教圣杯、奥丁的德罗普尼尔金环,以及世界神话中许多其他神奇的宝物相似。

精灵宝钻的创造者费艾诺

托尔金的英雄

费艾诺的精灵宝钻是三颗用维拉之树的光打造的宝石。这三颗精灵宝钻是世界上最美丽、最神圣的宝石,招人垂涎,因此先是被藏了起来,后来又被米尔寇/魔苟斯偷走,最后成了人们追寻的目标。费艾诺在贝尔兰追寻宝钻的过程中不幸被杀,经过六个世纪的战争,宝石找到了长久的归宿:一颗在汪洋深水之底,一颗在苍穹高天之上,还有一颗在大地核心的火焰之中。

桑波的命运与精灵宝钻相似。创造之初,桑波首先被锁在一个地下墓穴里,然后被一个女巫偷走,终极任务和战斗的目标便是找回它,但桑波最后却被打碎,并迷失在深海中。正如圣杯之旅,在星辰纪元末期,费艾诺踏上找回精灵宝钻之旅,在贝尔兰的太阳纪元第一时代,费艾诺的儿子继续父亲的事业,导致了绝大多数参与

澳阔隆迪的天鹅避难所

第二部分 星辰纪元的英雄：埃尔达和辛达

者的彻底毁灭。正如圣杯一样，精灵宝钻拥有一种被世界的野心和竞争所迷惑的人无法企及的纯洁。

埃尔达玛国王		
人民	统治者	住所
第一种族凡雅——"白皙美丽的精灵"	至高王英格威	提力安和塔尼魁提尔
第二种族诺多——"知识渊博的精灵"	芬威（其后为费艾诺和费纳芬）	提力安和佛密诺斯
第三种族泰勒瑞——"海洋精灵"	奥尔维	亚福隆尼港和澳阔隆迪

星辰纪元的贝尔兰国王		
人民	统治者	住所
法拉斯瑞姆——"海岸精灵"	造船工匠瑟丹	贝松巴和伊葛拉瑞斯特
辛达——"灰精灵"	至高王庭葛"灰斗篷"	明霓国斯，多瑞亚斯森林的"千石窟"
拉伊昆迪——"绿精灵"	丹尼瑟国王	"七河之地"欧西瑞安

第三部分

第一纪元的英雄：
精灵和伊甸人

贝尔兰的诺多英雄

在托尔金笔下世界，当太阳首次升起时，一如·伊露维塔的第二个孩子——中土世界东部的伊甸人苏醒了；而在中土世界西部，黎明也照亮了芬国盼国王的诺多精灵在进军贝尔兰时闪闪发光的长矛。正如托尔金在《精灵宝钻》中所言，这两个种族因为一场决定彼此在中土世界命运的战争而团结在了一起。

第一个黎明后的六个世纪，是中土世界的精灵和人类的英雄时代，可与希腊、凯尔特人和北欧神话早期媲美：这是一个神和其他的永生者，与凡人男女联手，进行伟大的冒险、战斗和征程的时代。凡人和永生的英雄要完成不可能的任务，这不仅需要超人的力量和耐力，甚至还要鼓起勇气牺牲自我。

托尔金笔下贝尔兰的诺多的历史与爱尔兰神话的达努神族非常相似。达努神族和精灵一样，是长生不老的种族，不会变老也不会生病。达努神族是"女神达努的子孙"，而托尔金的精灵则是星宿之后"女神瓦尔妲的子民"。

在早期，达努神族住在不死之地，与托尔金笔下埃尔达玛的诺

第三部分 第一纪元的英雄：精灵和伊甸人

多精灵类似。达努神族住在提尔纳诺，意为"青春之国"，由至高王努阿达带领，航行穿越西海至爱尔兰的凡人海岸。努阿达在此烧毁了船只，所以达努神族无法返回提尔纳诺。

在《精灵宝钻》中，诺多的至高王费艾诺带领子民航过西海，抵达贝尔兰的凡人海岸。费艾诺也是在此烧毁了船只，令诺多无法返回埃尔达玛。

努阿达和费艾诺都很快带领人民在这片新土地上的第一次战斗中获胜。在第一个太阳升起之前，诺多赢得了星下之战（Dagor-nuin-Gilialath），但在这场战斗中，费艾诺被杀。同样，达努神族的努阿达带领子民，在马格特瑞德的大战中获胜，尽管没有被杀，但努阿达

太阳首次升起时苏醒的人

失去了手臂,不能再统治王国。

因此,两国人民虽是在新土地上赢得了第一次战斗,但也失去了国王。达努神族的继任国王是达格达,带领人民在马格特瑞德的第二次大战中与冥界的深海巨人族弗莫尔对抗,最终取得胜利。在贝尔兰,诺多的继任国王是芬国盼,带领人民在荣耀之战中对抗类似冥界恶魔的半兽人、巨魔、炎魔。

诺多国王和王国

达格达战胜了弗莫尔军团,给了达努神族一个相对和平的时代,在此期间,达格达的儿子和他的首领在爱尔兰大部分地区建立了领地。

同样,芬国盼战胜了魔苟斯,为诺多带来了较为和平的四个世纪。在此期间,芬国盼的儿子和其兄弟费艾诺和费纳芬的儿子,在贝尔兰的北部建立了多个诺多领地,作为对抗敌人的堡垒。

但是,太阳出现预示了人类纪元的开始(托尔金暗指我们历史上的人类祖先),也预示着诺多在中土世界的尾声。这与达努神族的历史对应:当神话般的爱尔兰纪元接近尾声时,他们最终被米利安人所取代。米利安人是凡人种族,被认为是爱尔兰历史上盖尔语人民的祖先。

托尔金的故事主题中土世界精灵力量的削弱,与达努神族的衰落有很多共同点。这个曾经无比强大的人类祖先种族的残余最终被称为"艾斯西德"(Aes Sidhe),或者是"西德"(Sidhe)(发音为"谢伊")。这个名字意为"山上的人",因为人们相信,当这些人撤出凡人的领地时,会把自己藏在"空心山"和古老的墓地中。

在托尔金笔下贝尔兰的诺多和辛达精灵中,领地和城市的故事与西德的传说处处吻合:发光的洞穴类比庭葛的明霓国斯;秘密的山谷类比特刚的倘拉登谷的城堡贡多林;险要的河流峡谷类比芬罗德建造的牢固的纳国斯隆德;港口对应瑟丹的贝松巴和伊葛拉瑞斯特,而遥远的岛屿则对应避难所巴拉尔岛。

第一纪元贝尔兰的诺多国王和王国

家族	统治者	领土
费纳芬	芬罗德·费拉刚	纳国斯隆德
费纳芬	欧洛佳斯	托尔西瑞安
费纳芬	安格罗德和艾格诺尔	多松尼安
芬国盼*	芬巩	多尔罗明
芬国盼*	特刚	内瓦拉斯特和贡多林
费艾诺	迈兹洛斯和梅格洛尔	洛斯兰恩
芬国盼* 他统治了希斯隆和米斯林	凯莱戈姆和库茹芬	海姆拉德
芬国盼* 他统治了希斯隆和米斯林	卡兰希尔	萨吉理安
芬国盼* 他统治了希斯隆和米斯林	安罗德和安瑞斯	贝尔兰东部

贝尔兰的伊甸人英雄

托尔金笔下中土世界东部人类的起源和在太阳纪元向西迁徙的故事，与精灵在双树纪元的起源和迁徙十分相似。而且，托尔金的精灵之旅借鉴了凯尔特人历史上向西迁徙的故事，而人类之旅则是借鉴了日耳曼民族历史上向西迁徙的故事。

因此，正如永生的精灵借鉴了凯尔特人的神话和民间传统，托尔金笔下的凡人与德国人、北欧人和盎格鲁-撒克逊人的神话和民间传统息息相关。贝尔兰精灵的主要语言辛达林语仿照了威尔士语，而在第一纪元首先进入贝尔兰的伊甸人英雄的主要人类语言则是他列斯卡语，而第三纪元祖先的西方通用语则是仿照了盎格鲁-撒克逊的语言（古英语）。

当伊甸人在第一纪元4世纪初进入贝尔兰时，托尔金将其塑造为狂野且骄傲的部落民族，他们在向西迁移时经受了可怕的考验。精灵同情可怜的人类——生命短暂，年老时饱受疾病折磨。但在托尔金笔下，伊甸人具备原始的高贵矜持和与生俱来的荣誉感，其品质与日耳曼和北欧神话中的凡人英雄类似。

在诺多的昆雅语中，这些人就是"Atanatári"，意为"人类之父"，因为伊甸人学习精灵的技能和手艺，并以绝对的忠诚和英勇的自我

第三部分 第一纪元的英雄：精灵和伊甸人

牺牲回报导师。就上述品质而言，伊甸人与北欧传说中的英雄类似，他们都愿意臣服于以他们的领主命名的王朝氏族或家族中有权有势的酋长和国王。此类英雄大多是封臣而非统治的国王。在《沃尔松格传说》中，国王是沃尔松，但真正的英雄却是其忠诚封臣西格蒙德和齐格鲁德，对应托尔金的中土世界的哈多家族的伊甸人英雄。

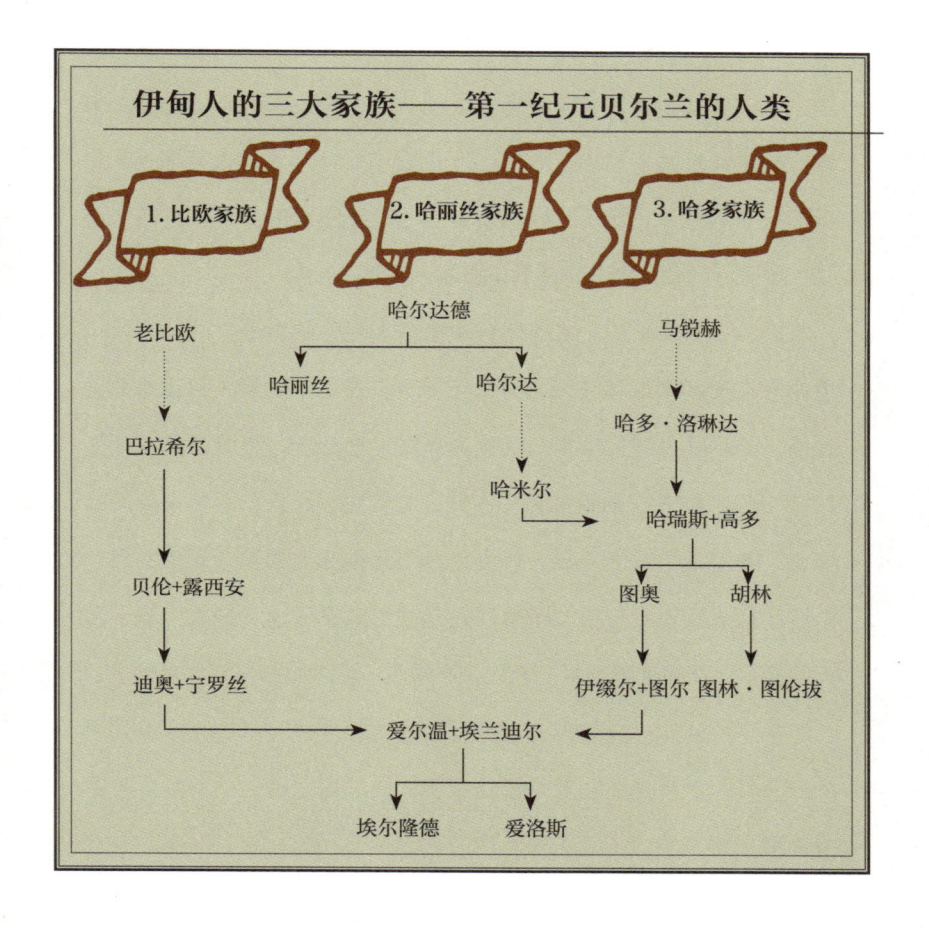

伊甸人的三大家族——第一纪元贝尔兰的人类

1. 比欧家族

老比欧 → 巴拉希尔 → 贝伦+露西安 → 迪奥+宁罗丝 → 爱尔温+埃兰迪尔

2. 哈丽丝家族

哈尔达德 → 哈丽丝 / 哈尔达 → 哈米尔 → 哈瑞斯+高多

3. 哈多家族

马锐赫 → 哈多·洛琳达 → 哈瑞斯+高多 → 图奥 / 胡林 → 伊缀尔+图奥　图林·图伦拔 → 爱尔温+埃兰迪尔

爱尔温+埃兰迪尔 → 埃尔隆德　爱洛斯

屠龙者图林

第一纪元伊甸人最伟大的英雄之一是屠龙者图林·图伦拔。托尔金笔下图林和其父亲胡林借鉴了《沃尔松格传说》中屠龙者齐格鲁德和其父亲西格蒙德的形象。19世纪的设计师兼诗人威廉·莫里斯形容北欧史诗《沃尔松格传说》为"北方伟大的故事，其意义对我们所有人而言，就像特洛伊的故事对希腊人一样"。

托尔金的故事和北欧的传奇故事始于祖先的事迹。胡林和西格蒙德都在王朝家族濒临灭亡时幸存下来。在尼尔耐斯·阿诺迪亚德战役（无尽眼泪战役）中，胡林在最后力挽狂澜，单枪匹马杀死了70个巨魔，拯救了撤退的诺多军队，令其免于灭亡。西格蒙德同样如此，他屠杀了几十个敌人，为他八个兄弟在内的整个家族的灭亡进行了血腥报复。但是二者最后还是被打败了：胡林的战斧碎于激烈的战斗；而西格蒙德的王朝之剑在最后一场致命决斗中折断。

在贝尔兰的精灵和人类中，坚定的胡林被誉为"凡人中最强大的战士"，但就像北欧英雄西格蒙德，其"屠龙者之父"的名号更加响亮。

图林在纳国斯隆德的桥上直面格劳龙

胡林的儿子是家喻户晓的图林·图伦拔，他杀死了中土世界第一条恶龙格劳，而西格蒙德的儿子齐格鲁德则是斩杀了众龙之王法夫纳。

两位屠龙者都宣称自己折断的圣剑是重铸的，图林的神剑名为古山格（Gurthang），意为"死亡之铁"；而齐格鲁德的宝剑名为古拉姆（Gram），意为"狂怒"。但是，即使拥有此类神器，两位屠龙者依然不相信仅凭武器的力量就能杀死这些巨大的蠕虫。战胜恶龙还需要勇气和机敏。图林选择躲在河流交汇处的深谷中，当格劳龙急于越过峡谷时，图林将剑向上刺进这个巨型怪物的腹部。齐格

贝烈戈斯特的矮人矿

鲁德则是躲在一条隐秘的战壕中，这条战壕挖在恶龙每天去森林池塘喝水的狭窄道路上。当法夫纳挪着巨大的身躯越过战壕时，沃尔松英雄齐格鲁德将剑刺进了巨龙裸露的腹部。

贝尔兰的矮人

在《霍比特人》中，读者最初对索林和其伙伴的印象与略显喜剧童话感的矮人基本一致。但是《精灵宝钻》中的矮人却是一个相当黑暗和压抑的种族，具有北欧神话中矮人铁匠的宿命性格。

托尔金的英雄

虽然托尔金简要介绍了在双树纪元苏醒的矮人七大种族,并提及了其交通和贸易,但并没有关于这个神秘种族真正英雄的内容,直至精灵宝钻争夺战的尼尔耐斯·阿诺迪亚德战役打响。在这场战斗中,托尔金将矮人刻画成武器和盔甲的铸造大师,与北欧神话的矮人铁匠类似。贝烈戈斯特的矮人手持强大的战斧,头戴矮人头盔,身穿矮人盔甲防火外衣,顽强地坚守阵地,抵御格劳龙和其后代吞噬一切的火焰。

在托尔金描绘的这场战斗中,矮人不仅展示了他们的工匠技能,还显示了自己是凶悍的武士种族,这有别于童话故事的刻板印象。例如,矮人国王阿扎格哈尔虽然付出了生命的代价,但他在临死时,将匕首深深地刺进了恶龙格劳的腹部,令格劳龙及其后代落荒而逃。

托尔金在塑造矮人形象时的灵感来源于自己的愿望——想要把矮人种族与"矮人"一词的现代意义区分开来。"矮人"一词通常形容身材矮小的人类,经常与居住在山脚下洞穴里、蓄着胡须、矮小结实的日耳曼神话人物相关联。托尔金起初想自定义矮人种族,并为矮人创造了合适的复数名词"Dwarves",但是托尔金承认,从语言学角度来看,矮人的复数写作"Dwarrows"更为合适。通过深入研究传统神话,托尔金也对矮人种族有了更多的了解:矮人与矿山的联系、囤积财宝、制造超自然武器、创造具有魔力的珠宝和礼物。以上因素或多或少都对托尔金为中土世界重塑矮人形象产生了影响。

第三部分 第一纪元的英雄:精灵和伊甸人

找寻精灵宝钻

正如托尔金所言,"人类身上流着精灵的一脉'血液',人类的艺术和诗歌很大程度上遗传于精灵,或者受精灵的影响"。在托尔金笔下,永生精灵的智慧和历史构成了人类自神话时代以来的遗产,人类文明的崇高精神便是遗传于此。精灵和人类建立联系的契机是精灵公主露西安和凡人英雄贝伦的婚约,因为该婚约,露西安和贝伦踏上了寻找精灵宝钻之旅。

露西安是灰精灵至高王埃卢·庭葛和其王后迈雅·美丽安的女儿。露西安是所有种族公认的最美丽的女子,也是世界上最优雅的歌手,夜莺环绕在她身边。因此她被取名为"露西安·缇努维尔"（Lúthien Tinúviel）,意为"晨光的女儿",是凯尔特传说中经常出现的迷人的"白衣女子"的化身。

在奥尔温（Olwyn）求爱的威尔士传说中,有一位最美丽的少女奥尔温,眼睛如露西安一样闪闪发光,皮肤雪白。奥尔温的名字意为"留下白色痕迹的她",名如其人,因为她每走一步,森林的地面就会冒出四个白色的三叶草。此花的传说与托尔金的宁佛黛尔类似。宁佛黛尔是白色的星形花,为庆祝露西安的出生而在中土世界绽放，后来在露西安的坟墓上永远盛开。

为赢得奥尔温的心，库尔奇要踏上不可能完成的征途——寻找"英国十三件宝物"之旅，这与寻找精灵宝钻之旅类似。想与露西安永结同心，就要找到黑暗大敌魔苟斯王冠上三颗精灵宝钻之一。

但是托尔金笔下寻找精灵宝钻的故事更像是借鉴了古希腊俄耳甫斯和欧律狄刻的爱情故事。托尔金的故事和希腊神话都关注堕落至冥界，以及面对死亡时爱和音乐的力量。在托尔金的故事中，露西安的歌声让守卫魔苟斯黑暗地下堡垒的巨狼卡哈洛斯沉沉入睡。进入堡垒后，露西安又唱了一曲美妙无比的歌，令入迷的魔苟斯进入梦乡，贝伦得以从其铁王冠上摘下一颗精灵宝钻。露西安成功逃离安格班，但在最后一刻，在隧道的入口处，她失去了爱人贝伦。

托尔金在改编希腊神话时，颠倒了男性和女性的角色。希腊神话中，俄耳甫斯弹琴唱歌，让看守猎犬刻耳柏洛斯在冥界之门前陷入沉睡。进入冥界后，俄耳甫斯再次唱出美妙绝伦的歌曲，哈迪斯拭泪，并赐予欧律狄刻生命。

俄耳甫斯成功地逃离了冥界，但在最后一刻，在隧道的入口处，他的爱人欧律狄刻被带走，回到了哈迪斯身边。

为了强调希腊神话和他的故事之间的联系，托尔金复制了这段旅程，让露西安在贝伦死后追寻他的灵魂。

贝伦从魔苟斯王冠上摘下精灵宝钻

这一次，在海外仙境的真正死亡之屋中，露西安通过唱歌给曼多斯 - 哈迪斯，为爱人赢得了第二次生命，完全复制了俄耳甫斯的旅程。然而，与俄耳甫斯和欧律狄刻不同的是，露西安和贝伦可以选择过凡人的生活。因此，在寻找精灵宝钻时，托尔金不仅颠倒了俄耳甫斯和欧律狄刻的角色，也颠覆了故事的悲剧性结局。托尔金通过此种处理方式，让爱起码在这一次战胜了死亡。

埃兰迪尔的远航

一切都始于一颗星星。在古代，它是"启明星"，也是"晚星"，即众所周知以罗马爱神命名的金星（Venus）。1913 年，托尔金还是牛津大学的学生时，在一首古英语（盎格鲁 – 撒克逊）神秘诗歌——琴涅武甫的《基督》中发现了这颗明亮的星星："海尔·埃兰迪尔，最明亮的天使 / 中土世界派到人间。"托尔金由此推断，埃兰迪尔所指的必是启明星本身，照耀在天堂和地狱之间人类的土地之上，即"中土世界"。

对页：**露西安找到了贝伦**

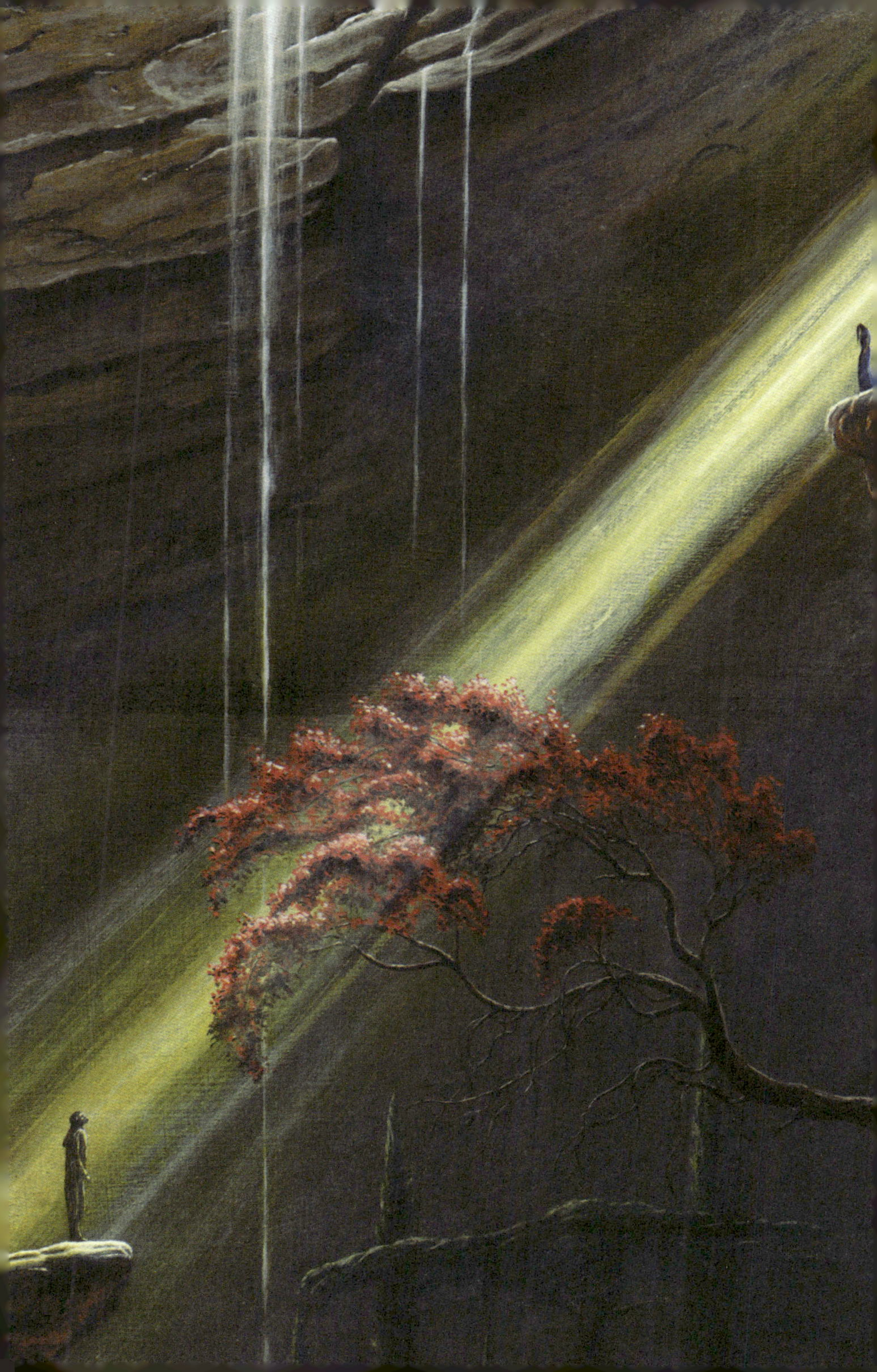

托尔金的英雄

在读到"最明亮的天使"埃兰迪尔时,托尔金认为自己发现了一个古老的英国神话。该神话是流传至今的冰岛神话中一节模糊的片段,讲述了英雄奥伦蒂尔的故事。奥伦蒂尔在北欧神话中代表启明星。在接下来的一年中,托尔金为自己布置了任务——创造性地重写他心中埃兰迪尔的真实神话。最终,托尔金创作了长篇叙事诗《埃兰迪尔的远航》。

托尔金笔下的埃兰迪尔就像古代飞翔的荷兰人,他是一位水手,在无尽的迷宫般的阴暗海洋和魔法岛屿间游荡。作为精灵和贝尔兰伊甸人的使者,埃兰迪尔外出航行,寻找海外仙境。托尔金的故事与飞翔的荷兰人类似,因为埃兰迪尔最终的救赎和解脱只能通过爱人的自我牺牲来实现。在托尔金的故事中,埃兰迪尔的情人是贝伦和露西安·缇努维尔的孙女,精灵宝钻的继承人——精灵公主多瑞亚斯的爱尔温。

爱尔温从高高的悬崖跃入大海,看似必死无疑,但她变成了一只海鸟,飞向埃兰迪尔,嘴里叼着象征着生命之光的神圣宝石。因此,埃兰迪尔将精灵宝钻绑在额头上,照亮了道路,终于成功将船驶向了海外仙境的海岸。

1914年夏末,托尔金写了《埃兰迪尔的远航》,这是他第一次进入后来自己所虚构的阿尔达世界。在该诗以及后来的《精灵宝钻》中,埃兰迪尔飞升天空,成为启明星,其精灵宝钻之光永远照耀着托尔金笔下的中土世界。因此,尽管托尔金的诗受到另一个时代的另一首诗的启发,但是正如汉弗莱·卡彭特在作者传记中所述,托尔金在刻画埃兰迪尔时,创造了自己独特的东西,而且远远超出原有的形象。正如卡彭特所言,"这其实是托尔金自己神话的开始"。

愤怒之战

水手埃兰迪尔代表中土世界的自由人民横渡西海,他的使命促成了与阿尔达的维拉的力量结盟,与黑暗大敌魔苟斯作战。在这场最终的冲突中,所有中土世界和海外仙境的英雄第一次团结在一起,形成了一支统一的力量。正如托尔金所言,"比北欧版本的诸神的黄昏更为宏大"。

这场战争被称为"愤怒之战",在这场战争中,维拉的国王曼威派遣了阿门洲维拉、迈雅、凡雅、诺多的战士,在中土世界与魔苟斯及其盟友作战。

这场战争与北欧的诸神的黄昏相当,在诸神的黄昏这场未来的最后战斗中,众神之王奥丁,将阿塞尔、华纳尔、女武神和阿斯加

托尔金的英雄

德的英灵（英灵殿中死于战场的战士）送至中庭对抗奸诈之神洛基。托尔金笔下的魔苟斯与复仇心很重、引发诸神的黄昏的洛基不相上下，二者都被囚禁了很长一段时间，一旦被释放，就会对世界爆发黑暗和可怕的力量。

幸存的辛达、诺多、伊甸人、贝尔兰的矮人与强大的维拉军队并肩战斗了40年，这场战争在安格班城门前的最后一场战斗中达到了高潮。维拉的传令官埃昂威吹响战斗号角，托尔金的伟大战斗正式开始。而当阿塞尔的守护之神海姆达尔吹响战斗号角时，战斗随之开始。同样，《精灵宝钻》中魔苟斯的爪牙勾斯魔格，带领大批"地狱之火"炎魔军队；而在北欧诗歌《女占卜者的预言》中描述了创建世界的过程，洛基的同伙巨人苏特，携着火剑，率领大批火焰巨人。在诸神的黄昏中，我们有恐怖的吞食太阳的中庭巨狼芬里尔；在托尔金笔下，中土世界最凶残的巨狼卡哈洛斯吞下了精灵宝钻。在诸神的黄昏中，中庭巨蛇耶梦加得向大海喷射毒液；而在大会战中，巨龙则向大地喷火。

这些故事的某些方面在本质上是对立的：在托尔金的故事中，冥界的狼头破城锤格龙得在魔苟斯手中，造成维拉的地震和黑暗；而在北欧传说中，众神之锤妙尔尼尔——意为"磨刀匠"，由雷电

对页：第五次战争中的格劳龙

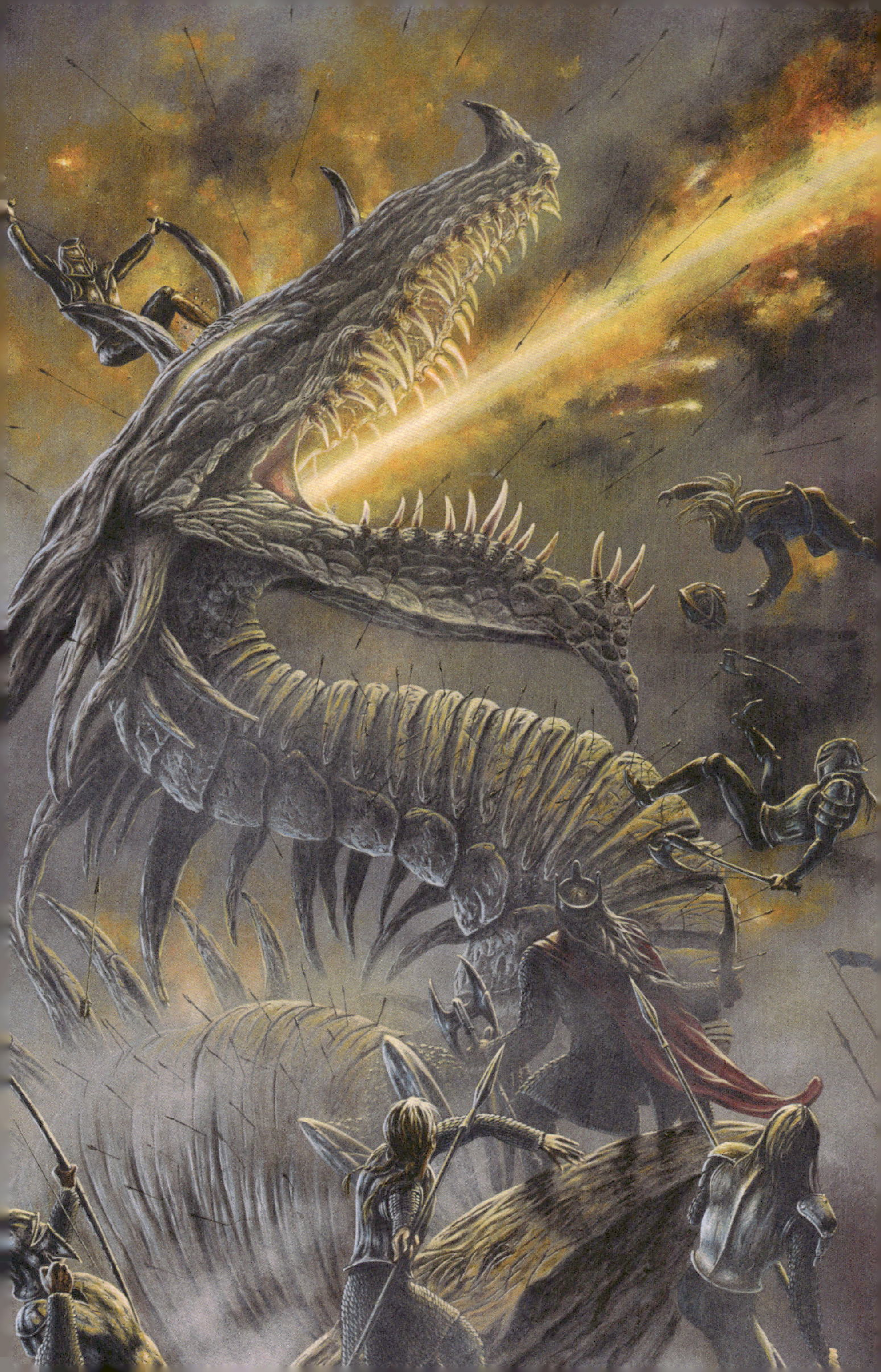

之神托尔握在手中。中土世界有维拉的神犬胡安,而中庭有女神海拉的恶犬嘉尔姆。

然而,随着大会战形势缓慢却有力地对抗向黑暗领主,魔苟斯释放了自己的终极武器,即黑龙安卡拉刚——阿尔达历史上最强大的力量,安卡拉刚苏醒后,一群翼龙从安格班的洞穴中飞了出来,将维拉大军驱散。

大会战中战斗的安卡拉刚(意为"急速下巴")是有原型的。在记录诸神的黄昏的《女占卜者的预言》中,"飞龙,发光的蛇"被称为尼德霍格(即"狂恶先锋"),它来自尼福尔海姆的冥界,在这里咬食了世界之树的树根。

尼德霍格的空袭,加之洛基掌舵的"纳吉尔法"的海上袭击,由人类尸体的手脚指甲制成的巨大"死亡之船"由巨人赫列姆驾驶,志在扭转与众神之战的战局。

这种双重威胁导致奥丁的众神和洛基的巨人相互毁灭,最终毁灭了整个北欧的宇宙。

然而,在托尔金的大会战中,安卡拉刚和其翼龙军团进行空袭,却遭到了埃兰迪尔的空中反击。埃兰迪尔是一名水手,驾驶着他那艘被维拉神化、升入天堂的大船。最后,埃兰迪尔杀死了安卡拉刚,维拉大军获得了胜利。

因此,虽然愤怒之战以维拉大军的胜利而告终,但这场胜利的

第三部分 第一纪元的英雄：精灵和伊甸人

代价是彻底摧毁贝尔兰的所有王国和土地。在某种程度上，托尔金和北欧人都对各自世界的命运有着灾难性的看法，但这两种看法都并非没有希望。在这两个故事中，我们了解到沉陷和被淹没的世界如何从海底复活，以及翠绿和富饶的土地的出现。在北欧的宇宙中，可以看到津利的金屋顶闪闪发光的景象，而在托尔金的世界里，这对应努曼诺尔大陆。

下页：埃兰迪尔杀死了黑色巨龙安卡拉刚

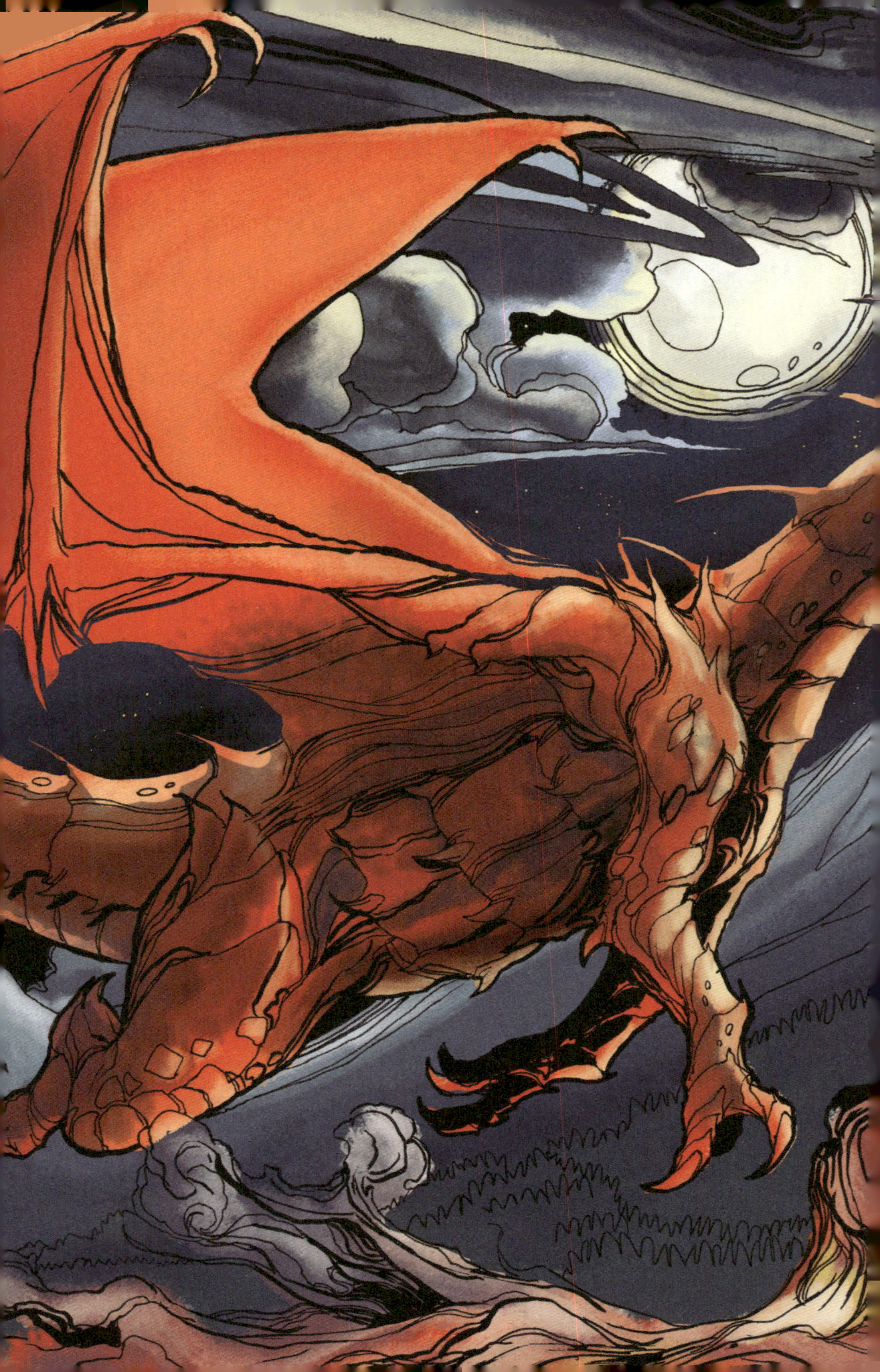

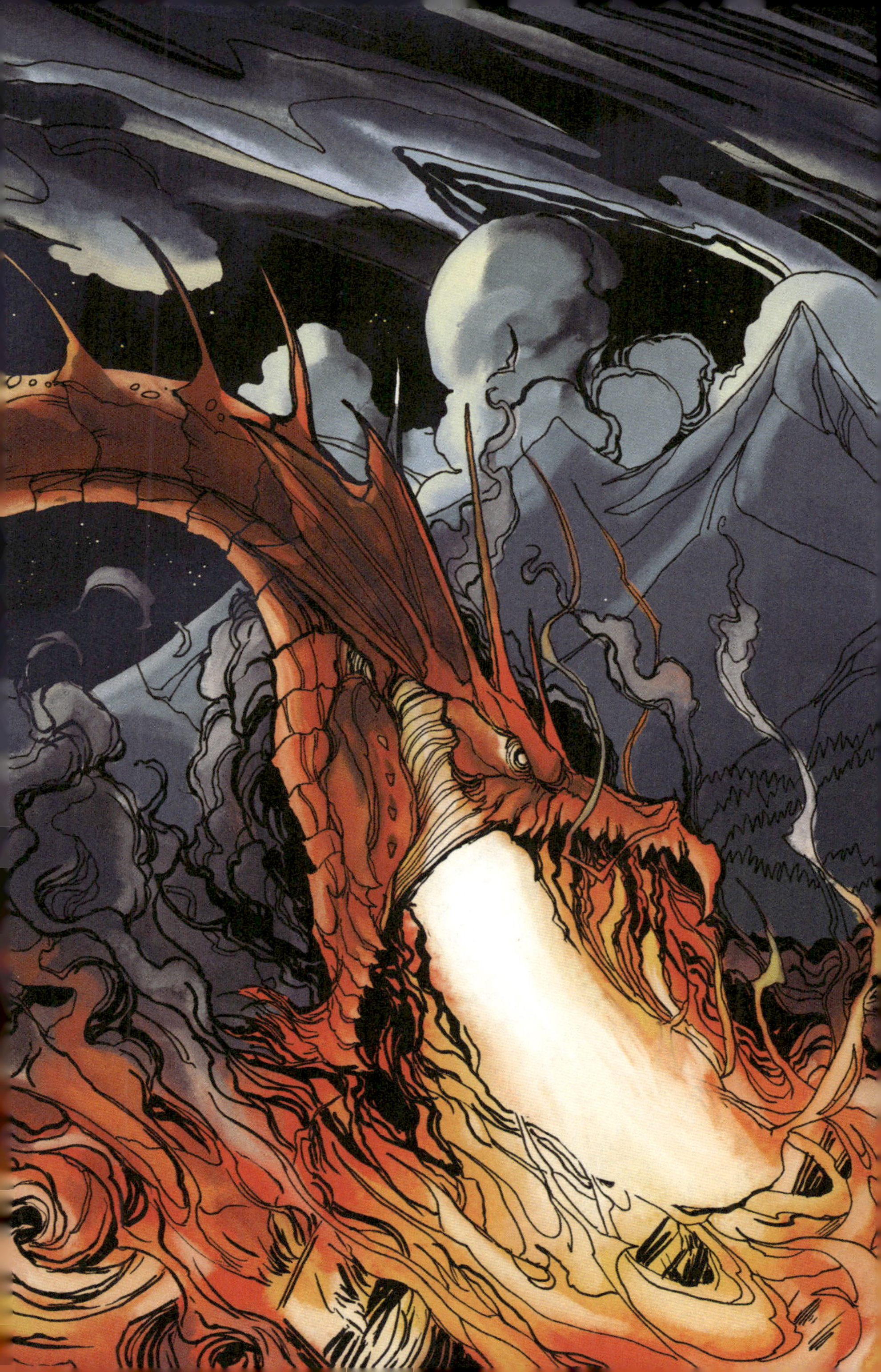

第四部分

第二纪元的英雄：
诺多和努曼诺尔人

努曼诺尔的海王

第二纪元是努曼诺尔人强大的海王时代。海王是幸存的贝尔兰伊甸人的统治者，他们在中土世界和海外仙境之间的分裂之海贝烈盖尔的安多岛屿-陆地（"赠礼之地"）。该岛也被称为埃伦纳·诺瑞，或"以星为名的土地"，因其形状大致是一个五角星。托尔金肯定知道，这颗五角星是古希腊神秘教派毕达哥拉斯学派的神圣象征。这就是所谓的"人类之星"，因为它的五个点与伸展的身体相关：头在顶部，胳膊和手在旁边，腿脚在底部。

第一位努曼诺尔人国王爱洛斯和其兄弟埃尔隆德是凡人水手埃兰迪尔和精灵女仆白色爱尔温的双胞胎儿子。由于他们是混血，被称为佩瑞希尔（"半精灵"），他们可以选择自己的种族和命运：人类的凡人世界或精灵的永生世界。埃尔隆德选择永生，最终成为中土世界伊姆拉崔的精灵领主。他的哥哥爱洛斯选择了凡人（尽管他的寿命是5个世纪），成为努曼诺尔的开国国王。

爱洛斯和埃尔隆德对应希腊神话的孪生兄弟卡斯托尔和波鲁克斯。这对双胞胎英雄被称为"狄俄斯库里"（"神之双生子"），他们是凡人女子丽达和永生之神宙斯的儿子。当卡斯托尔在战斗中牺牲时，他的永生兄弟波鲁克斯充满悲伤，因为他永远不能和自己的兄弟团聚了，即使在冥界也不行。宙斯很同情他们，因此把这对兄弟变成天上的双子座。

托尔金的双胞胎没有团聚，也没有变成群星。但是，爱洛斯和埃尔隆德的父亲水手埃兰迪尔与星星有联系。正如第三部分所述，埃兰迪尔是日耳曼神话中一个不知名的人物，雅各布·格林将其与启明星联系在一起；在托尔金的故事中，水手埃兰迪尔把闪耀的精灵宝钻绑在自己额头上，总是驾着自己的飞船穿越苍穹，他以启明星的形式指引所有水手和旅行者。

安多尔涅的努曼诺尔港

托尔金的英雄

托尔金的《努曼诺尔沦亡史》（Akallabêth）讲述了努曼诺尔的衰落和毁灭，这是他对古希腊亚特兰蒂斯传说的再创造。这是托尔金对一个古老传说进行改写的非常独特的例子，表明它是基于神话所依据的真实历史。为了更加有说服力，托尔金笔下努曼诺尔的高等精灵形式（昆雅语）是亚特兰提（Atalantë），意为"堕落者"。

托尔金经常提到自己有"亚特兰蒂斯情结"，这种情结以"巨浪反复出现的可怕梦境"的形式出现，"巨浪高耸入云，势无可挡地越过树木和绿地而来"。托尔金相信这是某种族对亚特兰蒂斯沉没这一古老灾难的记忆。托尔金不止一次说过，他从父母那里继承了这个梦，并将其传给了儿子迈克尔。然而，通过写《努曼诺尔沦亡史》，托尔金终于成功驱散了这个令人不安的梦。

亚特兰蒂斯最初的传说来自柏拉图《蒂迈欧篇》对话（公元前360年），其中一位埃及牧师与雅典政治家梭伦交谈。牧师告诉梭伦，世界上最强大的文明在他之前的9000年就已经存在于亚特兰蒂斯岛国。

亚特兰蒂斯是西班牙面积大小的岛屿，位于西海赫拉克里斯柱的后面。其势力范围扩展到欧洲和地中海的所有国家，但是这些强大的民族的绝对骄傲令他们与神之间发生了冲突。最后，一场火山爆发和海啸造成的巨大灾难导致亚特兰蒂斯沉入海底。

托尔金用柏拉图的传说作为《努曼诺尔沦亡史》的大纲。然而，

努曼诺尔开国国王爱洛斯·塔尔－明亚特

托尔金的英雄

托尔金似乎不想做大多数作家都会做的事情——仅仅是根据这个传说写一个直白的戏剧性故事。相反，他为自己的《努曼诺尔沦亡史》添加了一些个人色彩和背景细节，换言之，这本书汇集了三千年来详尽的历史、社会学、地理学、自然史、语言学和传记。

第四部分 第二纪元的英雄：诺多和努曼诺尔人

努曼诺尔的海王

水手埃兰迪尔

爱洛斯·塔尔-明亚特
努曼诺尔开国国王
S.A. 32—442

塔尔-伊兰迪尔
努曼诺尔的第四任国王
吉尔加拉德的精灵朋友
S.A. 590—740

瓦兰迪尔
安多尔涅的开国国王
S.A. 630—870

精灵和索伦的
战争
S.A. 1693—1701

塔尔-米那斯提尔
第十一任国王
建立昂巴港
S.A. 1731—1869

亚尔-法拉松
第二十任国王
"篡位者"
S.A. 3255—3319

阿门迪尔
安多尔涅的第十一任国王
S.A. 3316 向西航行

高大的伊兰迪尔
安多尔涅的第十九任国王
S.A. 3319 向东航行

S.A. 3319 努曼诺尔的陷落

流亡的努曼诺尔王国
亚尔诺的伊兰迪尔
刚铎的伊熙尔杜和阿纳瑞安
从 S.A. 3320 起

500
750
1000
1250
1500
1750
2000
2500
2750
3000
3250
5500

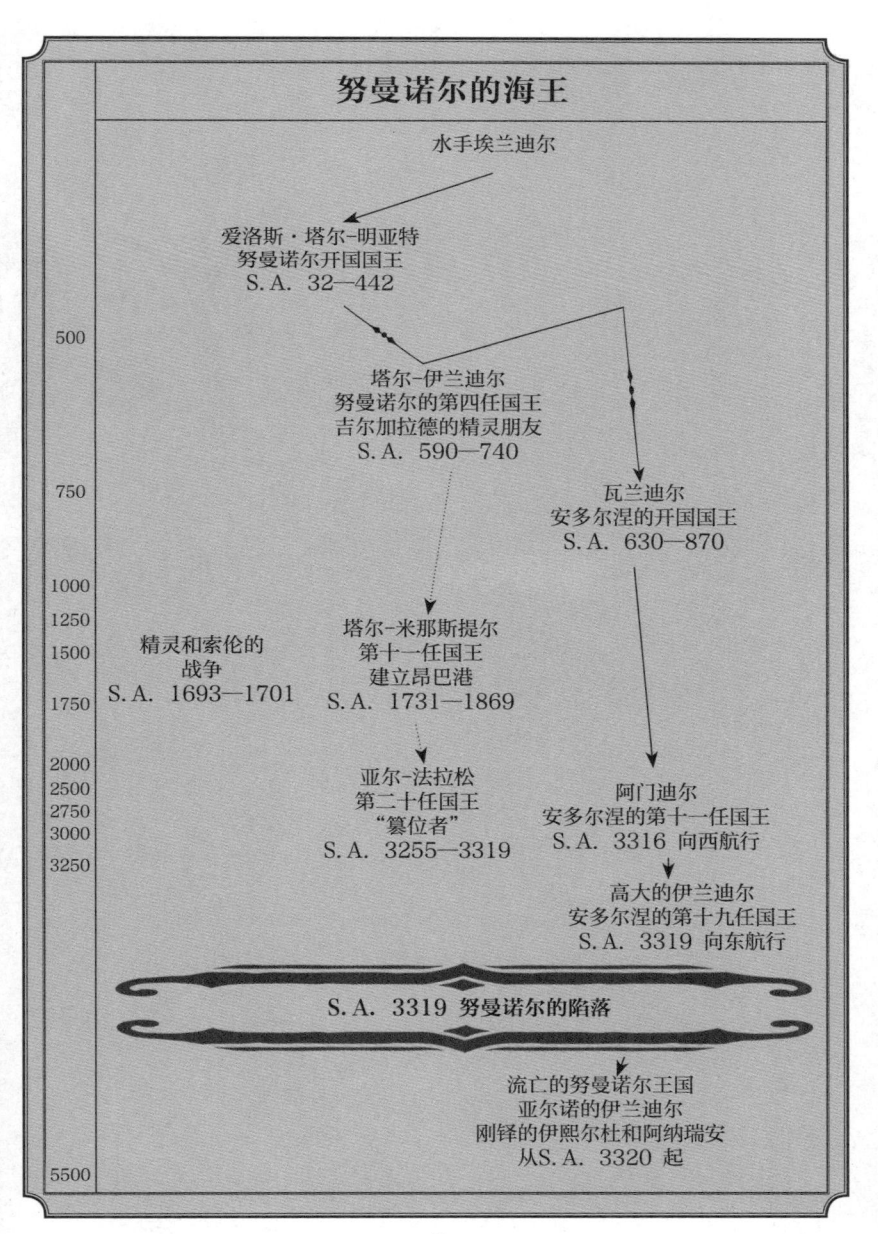

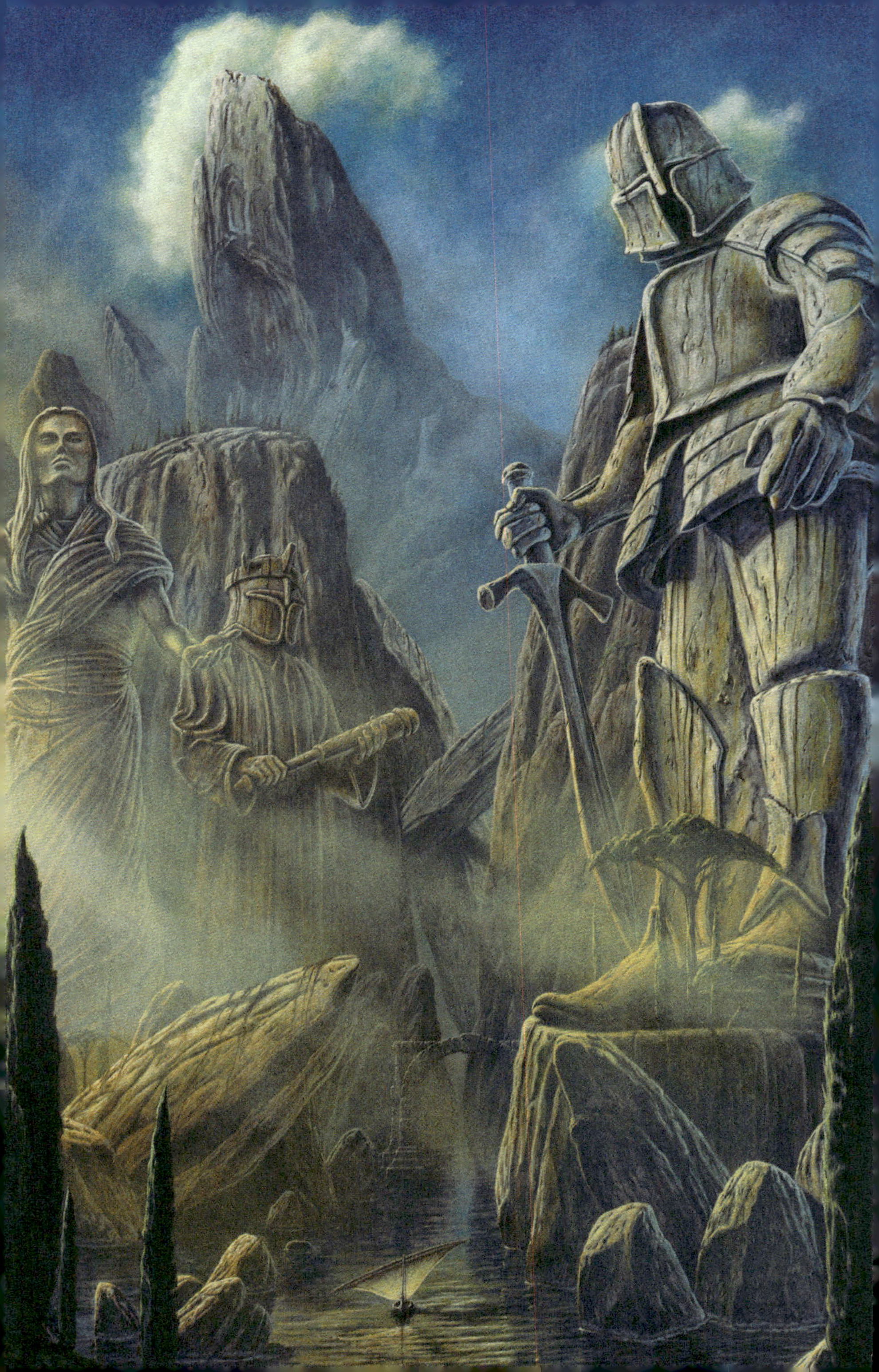

第四部分 第二纪元的英雄：诺多和努曼诺尔人

托尔金的梦和历史

　　托尔金创作的努曼诺尔，或用西方通用语来说就是"韦斯特内西"（Westernesse）——是他有意想在亚特兰蒂斯毁灭之后重新创造"真正的历史"，一个流传于世界的传说。托尔金构思故事的方式十分巧妙，他将这个故事变成一个"介于童话和历史边缘的传奇"，他显然相信亚特兰蒂斯的毁灭是真实的历史事件。

　　值得注意的是，托尔金活了足够长的时间，证明了亚特兰蒂斯式文明突然灾难性毁灭是史实，以及他对随之而来的"巨浪"的描述确实存在。20世纪60年代中期，在爱琴海的发掘工作中发现了一个岛屿王国，这个王国在公元前2000年被火山爆发和巨浪摧毁。这场海啸摧毁了从希腊到摩洛哥和西班牙的整个地中海，毫无疑问，这一历史事件激发了柏拉图关于亚特兰蒂斯的故事的灵感。如今被称为圣托里尼的锡拉岛，曾经是米诺斯文化的中心，然而，它连同附近克里特岛上的许多米诺斯定居点，在一天之内被一场灾难性的

对页：**努曼诺尔的日出**

事件摧毁。随着人类所见过的最汹涌的海啸横扫地中海，米诺斯海王时代宣告结束。

因此，对巨浪的恐惧似乎已经从托尔金的噩梦中泛滥而出，成为一个传奇，然后又进入中土世界，最后又重新回到人类历史中。或者，正如托尔金所言，故事的顺序正好相反，是从中土世界开始。无论如何，托尔金对这一反复出现的梦境的信仰，确实促成了努曼诺尔及其王国编年史的问世。在托尔金的神话中，在后来的日子里，该王国被古希腊人称为亚特兰蒂斯。

然而，噩梦并未结束。正如托尔金的儿子迈克尔做了同样的梦，我们在《指环王》中发现，几千年后，海王的后裔梦到了努曼诺尔灭亡的可怕景象。在魔戒战争期间，法拉米尔目睹了索伦的毁灭，并承认这让他想起了自己反复出现的梦——"黑暗的巨浪翻越绿色的土地……来吧，无处躲藏的黑暗。"

第四部分 第二纪元的英雄：诺多和努曼诺尔人

流亡的努曼诺尔王国：亚尔诺和刚铎

正如亚特兰蒂斯灾难的故事在世界各地的许多神话中都有类似故事，关于这类灾难的幸存者在新土地上建立新王国的传说也不在少数。例如，墨西哥的阿兹特克人就声称自己是此类传说的后代，这些人在阿兹特兰这块类似亚特兰蒂斯的大陆沉没后逃脱了厄运。凯尔特人的故事讲述了其祖先起源于坎特雷尔瓜伊洛德沉没的土地，现在位于威尔士西海岸外的卡迪根海湾。在古希腊，狄卡利翁和皮拉在大洪水中幸存下来的故事与《圣经》中诺亚和他妻子的故事几乎一模一样，这对夫妻的后代后来遍布世界。

在托尔金笔下的世界，作为信徒的领袖，高大的伊兰迪尔是安多尔涅的最后一位领主，在努曼诺尔沉没后幸存了下来。正如维吉尔的《埃涅阿斯纪》讲述了最后的特洛伊王子埃涅阿斯，在特洛伊沦陷后幸存下来，向西航行到意大利，其后代建立了雄伟的城市和罗马帝国。托尔金的历史故事讲述了安多尔涅最后一位王子伊兰迪尔，向东航行至中土世界，他和儿子伊熙尔杜和阿纳瑞安建立了流亡的努曼诺尔王国——亚尔诺的北部王国和刚铎的南部王国。

诸王之柱

第四部分 第二纪元的英雄：诺多和努曼诺尔人

诺多精灵最后的王国

就像贝尔兰的伊甸人成为努曼诺尔王国的创建者一样，在愤怒之战中幸存下来的精灵聚集在中土世界蓝山以西的最后一个诺多王国——林顿王国和灰港。

在那里，精灵聚在吉尔-加拉德麾下，"吉尔-加拉德"意为"亮光之星"。托尔金告诉我们，他是诺多王朝的最后一位至高王，手持精灵锻造的神矛"伊洛斯"，意为"雪亮尖峰"或"冰柱"，表示"无人能敌"。毫无疑问，托尔金认为伊洛斯是在暗指神话中的长矛冈格尼尔，象征着北欧诸神之王奥丁的权力和权威。冈格尼尔，由精灵工匠杜瓦林在亚尔夫海姆锻造，号称胜利之神最可怕的武器。

吉尔-加拉德是林顿的至高国王，但是造船工匠瑟丹是灰港之主，也是精灵天鹅号的建造者。在世界变更后，他驾驶"直路号"前往海外仙境的亚福隆尼港。亚福隆尼港（意为"接近阿门洲"）坐落于托尔埃瑞西亚的孤独之岛，实则（托尔金在致出版商的一封信中承认）暗指亚瑟王的不朽阿瓦隆王国。

托尔金清楚林顿和灰港的起源和地理位置。正如他所言，英格

托尔金的英雄

兰中部边界上的威尔士山脉与埃利阿多边界上的蓝山相当。地理上，威尔士和康沃尔的海岸线被布里斯托尔海峡和塞文河的那个独特的楔子割断，与南北林顿的海岸线类似，月湾和月河形成了与前者极为类似的楔子。

托尔金小时候住在英格兰中部农村，对威尔士运煤卡车上写的奇怪语言很感兴趣，于是形成了自己独特的语言美感，认为有些语言是"美"的，有些语言则是"丑"的。托尔金在教堂唱诗班里听到人们讲威尔士语、唱威尔士语歌曲，他坚信自己发现了世界上最美丽、最富有音乐性的语言之一——威尔士语。如果精灵有一种语言，托尔金认为精灵语言应是源于这些原始英国人的语言。因此，正如我们所见，托尔金发明了一种基于威尔士语结构的精灵语（辛达语）。

对托尔金而言，古威尔士和精灵林顿的历史、神话和语言是同一枚硬币的两面。威尔士的唱诗班享誉世界，而林顿则是"音乐之乡"。历史上，威尔士和康沃尔是真正的"不列颠人"——与"英国人"截然不同——的最后避难所，就像南北林顿是中土世界高等精灵的最后避难所一样。

不列颠人和英国人的这种区别对于理解中土世界的宇宙学至关重要。托尔金坚持认为，"不列颠人"一词指的是讲威尔士语的凯尔特人，他们在公元5世纪相对原始的英国（盎格鲁-撒克逊）部落出现前，至少提前2000年就已定居于此。

第四部分 第二纪元的英雄：诺多和努曼诺尔人

经过几个世纪的接触并经历了罗马统治，大多数英国贵族和所有英国神职人员都说拉丁语。托尔金很清楚这一点，他写出了辛达语是如何被创造成类似威尔士语的，而诺多精灵的昆雅语则类似于精灵的拉丁语。但是托尔金却选择了芬兰语，这种词形变化复杂的难学语言作为吉尔-加拉德、林顿的诺多精灵，以及海外仙境中埃尔达玛的诺多和凡雅的母语。

第二纪元中土世界的精灵王国

建于	王国	建国者
S.A.1	林顿/佛林顿	吉尔-加拉德 d. S.A.1697,在精灵与索伦之战期间
S.A.750之前	米斯龙德港口/灰港	造船工匠瑟丹
	哈灵顿	凯兰崔尔和塞利博恩
	埃林嘉兰/绿色森林	奥罗费尔 d. S.A.3434,在达哥拉之战期间
	罗瑞恩/罗瑞南	阿玛蒂尔 d. S.A.3434,在达哥拉之战期间
S.A.750—1350	伊瑞詹/霍林	凯兰崔尔和塞利博恩
S.A.1350—1697	伊瑞詹/霍林	凯勒布林博 d. S.A.1697,在精灵与索伦之战期间
S.A.1697之前	伊姆拉崔/瑞文戴尔	埃尔隆德,半精灵

第四部分 第二纪元的英雄：诺多和努曼诺尔人

凯勒布林博和魔戒的力量

自古以来，人们就相信戒指具有超自然的力量。这种魔戒的故事在世界各国的神话和民间文学中屡见不鲜。此外，对超自然戒指的信仰并不局限于传说和童话故事，而是历史的一部分。

同样，在托尔金的中土世界，精灵和人类的历史和命运在第二纪元和第三纪元在很大程度上牵扯到魔戒归属权的斗争，而魔戒是由珠宝冶金匠行会成员、伊瑞詹的精灵工匠凯勒布林博所铸。而且，最重要的是索伦的至尊魔戒，铸于末日山之火焰。至尊魔戒的威力和意义堪比北欧诸神之王、九界之王奥丁所戴的戒指。奥丁的德罗普尼尔金环是其财富和权力的象征。

在托尔金的故事中，凯勒布林博（Celebrimbor）（意为"银拳"）——珠宝冶金匠行会之主、中土世界最伟大的铁匠的技艺，以及索伦的所有诡计都融入魔戒中。在北欧神话中，九界最伟大的铁匠精灵辛德里和布洛克，以及奥丁所有的智慧，都被投入到铸造德罗普尼尔金环中。

德罗普尼尔金环（Draupnir）意为"滴落者"，因为这个神奇的

托尔金的英雄

金戒指会每九天滴下八个大小相同的戒指。奥丁拥有它,不仅象征着对九界的统治,而且戒指会为他提供几乎无限的财富来源,巩固其所积累的势力。这个场景似乎很像托尔金的"人类九戒",索伦用其收买中土世界人类的忠诚,并最终诱捕他们的灵魂。

奥丁借助德罗普尼尔金环统治阿斯加德,而其他八个戒指作为财富和权力的礼物,借此统治其他八个世界(包括中庭,或"中土世界")。当然,在托尔金的故事中,我们还看到了矮人的七戒和精灵的三戒——关于他们拥有魔戒的争论不可避免地导致了精灵和索伦之间惨烈的战争。

对页:凯勒布林博铸造魔戒

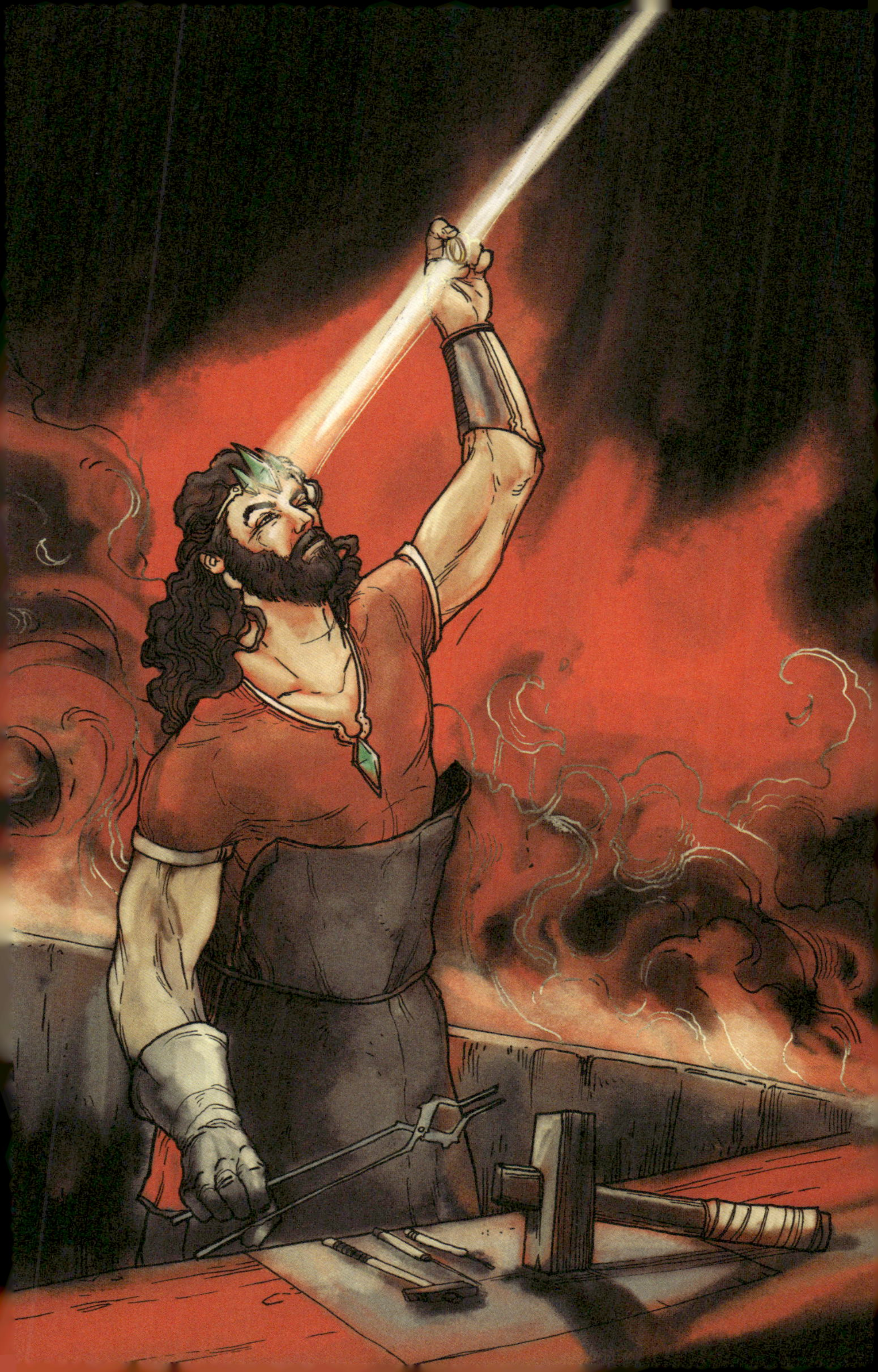

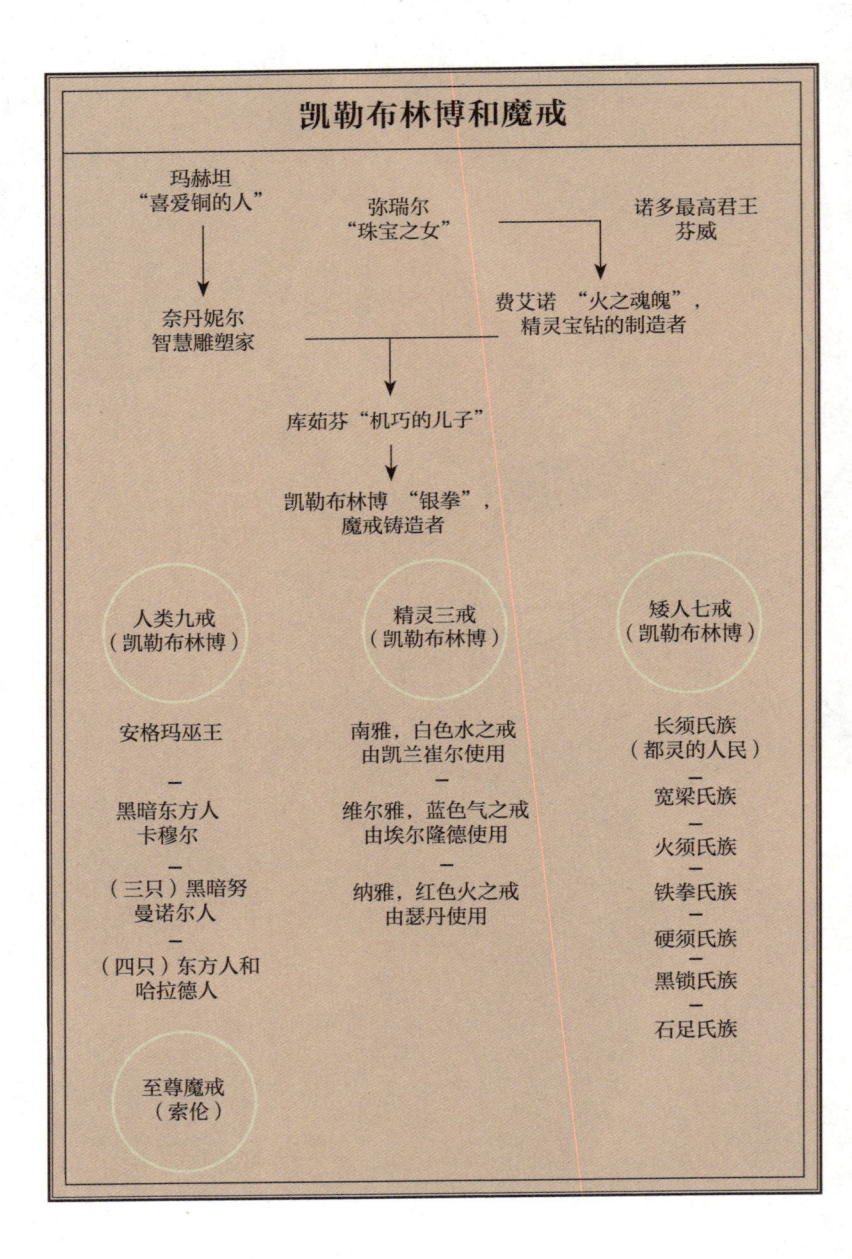

凯勒布林博和魔戒

```
玛赫坦              弥瑞尔                    诺多最高君王
"喜爱铜的人"        "珠宝之女"                   芬威
    │                  │                        │
    ▼                  │                        ▼
  奈丹妮尔             │              费艾诺 "火之魂魄",
  智慧雕塑家           │              精灵宝钻的制造者
       └──────────────┤
                      ▼
             库茹芬 "机巧的儿子"
                      │
                      ▼
           凯勒布林博 "银拳",
              魔戒铸造者
```

人类九戒
（凯勒布林博）

安格玛巫王
—
黑暗东方人
卡穆尔
—
（三只）黑暗努
曼诺尔人
—
（四只）东方人和
哈拉德人

精灵三戒
（凯勒布林博）

南雅，白色水之戒
由凯兰崔尔使用
—
维尔雅，蓝色气之戒
由埃尔隆德使用
—
纳雅，红色火之戒
由瑟丹使用

矮人七戒
（凯勒布林博）

长须氏族
（都灵的人民）
—
宽梁氏族
—
火须氏族
—
铁拳氏族
—
硬须氏族
—
黑锁氏族
—
石足氏族

至尊魔戒
（索伦）

第四部分 第二纪元的英雄：诺多和努曼诺尔人

精灵和人类最后的联盟

第二纪元的第一年，至高王吉尔-加拉德建立林顿，而在第二纪元的末年（S.A.3441），吉尔-加拉德与指环王索伦决一死战。这是精灵与人类最后的联盟的最后一场战斗，延续了托尔金写作的经典主题，该主题让人想起很多其他史诗和神话中的最后一场战斗。

卡姆兰战役结束了亚瑟王时代，符合史诗和浪漫小说的叙事方式，英雄逝去的黄金时代在灾难中结束。荷马在《伊利亚特》中歌颂了特洛伊城的毁灭、人民的屠杀和文明的毁灭。在北欧的《沃尔松格传说》和德国史诗《尼伯龙根之歌》中，类似的最终冲突以整个沃尔松格王朝和尼伯龙根王朝的灭亡而告终。

在精灵和人类的最后联盟中，托尔金巧妙地将诺多的至高王吉尔-加拉德和流亡的努曼诺尔的至高王伊兰迪尔安排在战场上，与魔戒之主索伦和他的戒灵在末日山的斜坡上展开了一场殊死决斗。这是第二纪元的托尔金史诗故事的高潮，与圆桌骑士在卡姆兰战役发生的决斗——古不列颠的至高王亚瑟和皮克特人、苏格兰人、撒克逊人联盟的领主莫德雷德进行的决斗——类似。

托尔金的英雄

尽管莫德雷德和索伦的黑暗势力都被摧毁了,但胜利者付出的代价也十分惨痛,随之而来的是几个世纪的混乱和战争。在英国,亚瑟王和大部分圆桌骑士都被杀死了。卡美洛之梦结束了。在中土世界,吉尔-加拉德和精灵与人类联盟的大部分成员被杀。在英国,胜利给卡美洛王国的梦带来了毁灭,而在中土世界,胜利给精灵和人类的王国带来了毁灭。

更糟糕的是,在中土世界,至尊魔戒在最后一场战斗中未被摧毁。就像北欧《沃尔松格传说》中著名的矮人之王赫瑞德玛获得魔戒安德瓦利,"默哀他儿子奥特的死",索伦的至尊魔戒则是由伊兰迪尔唯一幸存的儿子伊熙尔杜认领,"默哀我父亲和哥哥的死"。这些戒指的邪恶很快带来灾难——导致了赫瑞德玛和伊兰迪尔的奸诈谋杀,可怕的诅咒将代代相传。

登丹的伊兰迪尔、伊熙尔杜和阿纳瑞安

第五部分

第三纪元的英雄：
第一部分 登丹人和矮人

托尔金的英雄

刚铎和亚尔诺的国王

托尔金的故事在第三纪元主要关注流亡的努曼诺尔人的命运：登丹（"西方的人"）联合王国因伊熙尔杜之死（在 T.A.2）而一分为二，或者用托尔金的话来说，"分裂"（sundered）为刚铎和亚尔诺两个王国。

"分裂"一词在托尔金的作品中反复出现，大多是指精灵、矮人和人类的王国，而且几乎总是与悲剧性的后果联系在一起。分裂的主题显然深深地影响了他。在托尔金的故事中，有许多因分裂而产生的痛苦、动乱和灾难的例子。托尔金的主要思想之一很明显：分裂导致悲剧，或者至少会像精灵最终从中土世界撤退，导致悲伤和忧郁一样。如果能够实现统一，就会带来积极的结果、欢乐和满足。

当然，"国王归来"——一个失落王朝的复辟，不仅存在于神话中，还存在于大多数世袭君主国家的真实历史中，都是反复出现的主题。一些"复辟"最终证明是成功的，就像英格兰的查理二世（1630—1685），而另一些则以失败告终，比如苏格兰的"水上之王""邦尼"查理王子（1720—1788）。

但最终，梦想依然存在。在托尔金笔下的世界，正是努曼诺尔

第五部分 第三纪元的英雄：第一部分　登丹人和矮人

人王室血统的存留，让"国王归来"的希望继续存在，这一希望承诺让分裂的人民重新团结起来。就像历史上的詹姆士党人将斯图亚特王朝的王位继承权延续了一个多世纪一样，托尔金在北方的亚尔诺酋长和南方的刚铎摄政王也在一千多年的时间里一直坚信，最终会有一位真正的国王回归。

托尔金对神话和历史中分裂和统一的王国了解广泛，这与他笔下的中土世界历史有着相似之处。雅西顿王国的最后一位国王亚凡

伊熙尔杜和至尊魔戒

托尔金的英雄

都在海上失踪，以及 T.A.1975 年的精灵天鹅号沉船，与 1120 年历史性的白帆船灾难产生了共鸣，那场灾难摧毁了英国王位的唯一合法继承人。刚铎的最后一位国王伊亚诺接受了与魔王决一死战的挑战，随后又消失在了黑暗塔，这或许在一定程度上借鉴了维多利亚时代诗人罗伯特·勃朗宁在 1855 年的作品《去黑暗塔的罗兰少年归来》。

奇怪的是，在托尔金的一封信中，将登丹南北王国为统一而进行的斗争与埃及法老为统一埃及南北王国所做的努力进行了比较。这种比较在他为重联王国设计的双冠中得到了明确的体现，该王国是基于一位埃及法老的双冠而建立的。在同一封信中，托尔金解释道："我认为刚铎（南方王国）的王冠非常高，就像埃及的王冠一样，但有翅膀相连，不是向后伸直，而是成一个角度。北方王国只有一个冠冕，即埃及南北王国的区别。"

然而，对于第三纪元的刚铎和亚尔诺的登丹王国来说，最明显的历史先例便是罗马帝国的兴衰，最终以神圣罗马帝国的形式复活。

回顾罗马的历史，不难发现它与中土世界编年史上的古代帝国有相似之处；罗马历史中有很多方面都可以与刚铎的古代历史相比较。首先，这两个城邦的创建者是兄弟。正如罗马是由孪生兄弟罗慕卢斯和勒莫斯创建，刚铎王国也是由两兄弟（虽然不是双胞胎）伊熙尔杜和阿纳瑞安建立。

刚铎第一位航海王塔拉农

托尔金的英雄

还有其他相似之处。观察历史上的西罗马帝国和东拜占庭帝国的划分，很容易将其与刚铎和亚尔诺比较。北方王国亚尔诺灾难性的军事和社会历史及其随后的崩塌堪比西罗马帝国的历史。他们的不同主要在于历史悠久的帝国在西方的灭亡速度更快，也更残酷。同样，北方王国衰落并分裂为雅西顿、鲁道尔和卡多兰三个继承国，与西罗马帝国灭亡，并分裂为三个势力范围——意大利、德国和法国的命运相似。

然而，在第三纪元末期，经过3000年的冲突，托尔金为读者呈现了一位非凡的英雄，堪比历史上的查理曼大帝——他也是亚尔诺和刚铎王国的合法继承人。这样一来，托尔金含蓄地暗示并明确指出，在中土世界编年史中，亚尔诺和刚铎历史的发展是以"重建一个复兴的神圣罗马帝国"的历史先例为基础。

米那斯提力斯共和国的卫兵

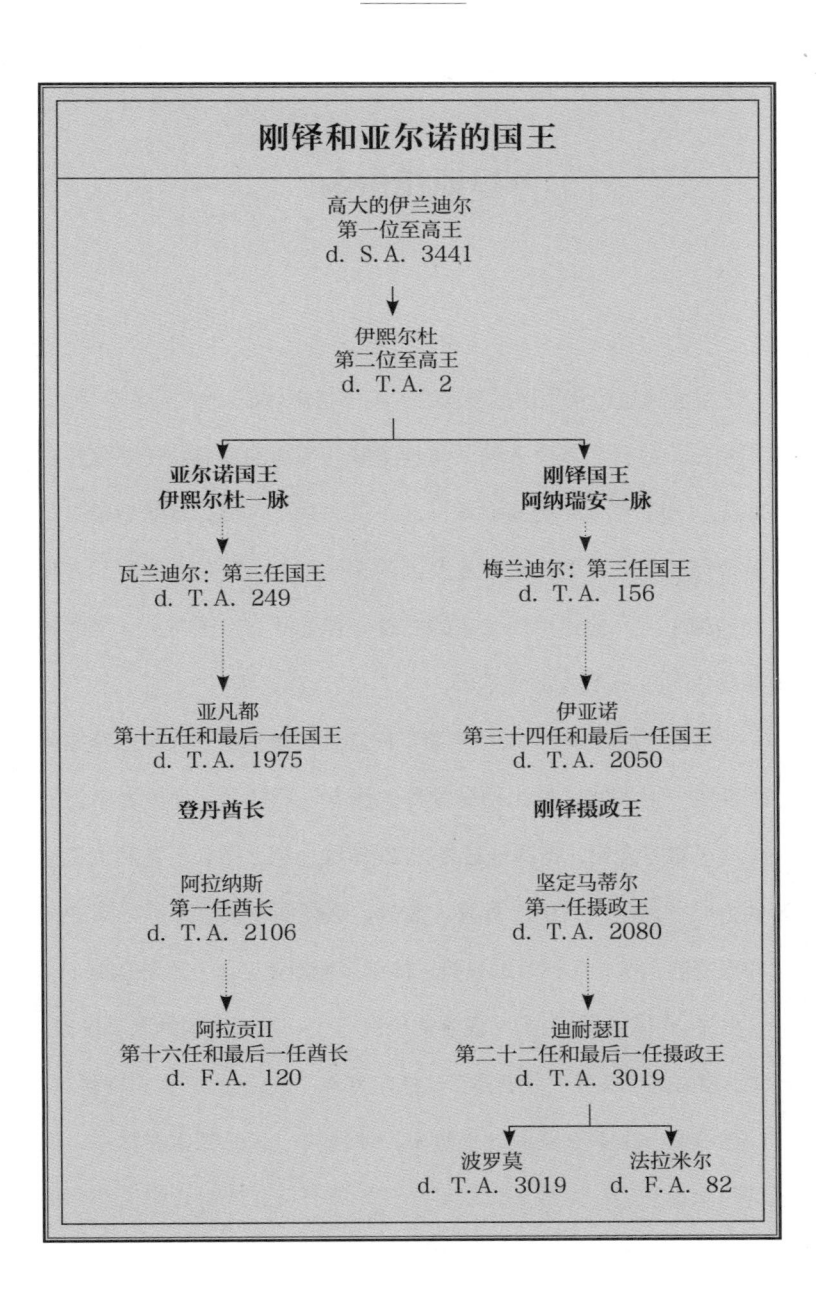

第五部分 第三纪元的英雄：第一部分　登丹人和矮人

刚铎和亚尔诺的国王

高大的伊兰迪尔
第一位至高王
d. S.A. 3441

↓

伊熙尔杜
第二位至高王
d. T.A. 2

亚尔诺国王
伊熙尔杜一脉

瓦兰迪尔：第三任国王
d. T.A. 249

亚凡都
第十五任和最后一任国王
d. T.A. 1975

登丹酋长

阿拉纳斯
第一任酋长
d. T.A. 2106

阿拉贡 II
第十六任和最后一任酋长
d. F.A. 120

刚铎国王
阿纳瑞安一脉

梅兰迪尔：第三任国王
d. T.A. 156

伊亚诺
第三十四任和最后一任国王
d. T.A. 2050

刚铎摄政王

坚定马蒂尔
第一任摄政王
d. T.A. 2080

迪耐瑟 II
第二十二任和最后一任摄政王
d. T.A. 3019

波罗莫　　　法拉米尔
d. T.A. 3019　d. F.A. 82

托尔金的英雄

早期托尔金

托尔金通过母亲早期的麦西亚－英国祖先,以及他父亲的奥地利-德国祖先,找到了其个人神话与神圣罗马帝国的联系。托尔金声称其祖先与神圣罗马帝国有联系,这一说法并不可信。就像他想象母亲的麦西亚祖先可能在查理曼帝国的军队作战,对抗在8世纪入侵欧洲的摩尔人,他还想到父亲的血统与神圣罗马帝国有关,当时的奥斯曼帝国在16世纪入侵欧洲。

托尔金家族传奇声称,"早期"托尔金曾是神圣罗马帝国帝国骑兵部队的一名军官,堪比刚铎登丹的盟友洛汗骑兵。他的名字为乔治·冯·霍亨索伦,据称他曾在1529年维也纳之围和奥地利的费迪南德大公一起与入侵的土耳其人作战,这场围攻被意外而凶猛的骑兵冲锋打破,扭转了战争的趋势,终结了奥斯曼帝国在欧洲的野心。

据说,在围城期间,冯·霍亨索伦进行了一系列华丽的骑兵突袭,行动极其凶险,以至于他赢得了"托尔库恩"的绰号,意为"鲁莽"。

托尔金一生都在贬低这个故事,但他内心深处却乐在其中。他经常隐晦地复述这个故事,以至于几乎所有读者或听众都注意到他私下里讲的这个小笑话。有几次他使用了"拉希博尔德"（Rashbold）（意为"鲁莽大胆"）这个名字，而在他著名的《托尔金论童话故事》的序言中，托尔金为自己的"过于大胆"而道歉，然后声称自己"名字过于大胆""天性过于大胆"。

在托尔金生动描述了整个第三纪元的战斗时，他的许多骑兵指挥官——比如凯勒布兰特平原之战中的青年伊欧和号角堡与帕兰诺平原战役中的希优顿，都采用了乔治·冯·霍亨索伦的托尔库恩战略，经常在最关键的时刻扭转战斗趋势，并取得许多"鲁莽"的胜利。

罗马尼安的北方人

托尔金笔下罗马尼安的北方人，属于"更优秀、更高贵的一类人"，与第一纪元的伊甸人是亲戚。他们大都清廉，但在第三纪元仍然"处于简单的'荷马'式状态的父权和部落生活"。他们其实很像早期盎格鲁–撒克逊史诗中的人物。

罗马尼安（或"荒野"）的北方人本质上是贝奥武夫的英勇祖先，

他们在欧洲无路可走的森林、山脉和河谷中定居了数千年。

罗马尼安被设计成类似于古罗马人所称的日耳曼尼亚:欧洲北部的大森林。托尔金还为他们提供了一个类似俄罗斯大草原的东部蛮荒边疆。就像罗马帝国和其日耳曼同盟面对一波又一波的匈奴、鞑靼和蒙古侵略者一样,刚铎的登丹人和其北方同盟也面临着不断出现的来自东部巴尔寇斯和维瑞亚侵略者的充满敌意的攻击。

传统上尽管大多数历史学家认为,公元第一个千年初期以罗马的衰亡为主基调,但也有少数历史学家更积极地认为,这一时期是一个变革和复兴的时期,因为重要和活跃的人民涌入了一个衰落但仍尊贵的帝国,没有一个入侵的民族希望导致帝国灭亡。事实上,即使是最野蛮的征服者也相信罗马帝国永远不会被摧毁。罗马帝国以这样或那样的形式存在了一千多年。北方的人民认为自己只是帝国另一种进化的一部分,其形式是一个更大、更复兴的日耳曼-罗马国家。

在罗马尼安的北部地区,我们发现了一些日耳曼部落的早期移民。

他们是高贵的民族,并未大量砍伐森林或开垦平原——农村人只居住在几个大城镇和分散的村庄。他们住在罗马尼安的森林、丘陵和山谷里。居住在罗马尼安的许多部落和种族,后来被称为波宁人和幽暗密林林地人,还有巴丁人和河谷人。然而,托尔金在安都因山谷中"发现"的另一个部落却尤其受欢迎,这些虚构的人物被称为伊欧西欧德人。在托尔金的心目中,他们与历史上的日耳曼民族哥特人有联系。

洛汗国王

托尔金对哥特人情有独钟。他对约瑟夫·赖特的哥特式语法的研究(1910年)是他学术生涯中的重要事件。在哥特语中,托尔金观察了日耳曼人的第一种语言记录,以及英国人祖先说的第一种语言记录。托尔金相信,通过对这种语言和现存哥特式文本碎片的研究,他将对这个难以捉摸的民族产生新的认知。

哥特人是托尔金的灵感来源,他们是洛汗骑兵和标记地领主的罗马尼安部落祖先伊欧西欧德(意为"马人")。

他们都有传说中的屠龙先祖:伊欧西欧德人声称佛鲁格马的儿子佛兰杀死了灰山中的大虫史卡沙,而哥特人则吹嘘沃尔夫迪特里希杀死了伦巴第的双龙。

托尔金的伊欧西欧德人与刚铎王国结盟,和哥特人与罗马帝国结盟的故事类似。公元 451 年，哥特骑兵在卡塔隆平原战役中对罗马帝国进行了戏剧性的营救。这是欧洲历史上最关键的战役之一，因为侵略者是匈奴王阿提拉，这是罗马人所面临过的最强大的野蛮力量。在 T.A.2050 年，刚铎的势力即将被被称为巴乔斯的野蛮的侵略者征服。伊欧西欧德的骑兵青年伊欧在凯勒布兰特平原之站的关键时刻的到来，粉碎并摧毁了东方部队，并将他们赶回自己的土地。

在卡塔隆平原战役和匈奴军队撤退后，作为对他们兵役的奖励，哥特人成为被野蛮战争和瘟疫摧毁的土地的主要继承人。同样，伊欧西欧德人成为被这些同样因素摧毁的土地的主要继承者。这是刚铎的封地，以前叫作卡兰纳宏，现在叫作洛汗，意为"马王之地"。

在这些土地上，尽管洛汗的马王总是与刚铎结盟，但他们能像自由人一样，服从自己的国王和法律，过上美好的生活。

在卡塔隆平原战役中具有历史意义的哥特王希奥多里克引发了托尔金对洛汗开国国王伊欧领导的凯勒布兰特平原之战的描述，也激发了 1000 年后洛汗第十七任国王希优顿在帕兰诺平原战役中的冲锋陷阵。不仅国王的名字几乎相同（两者都意味着"人民领袖"或"国王"），而且他们的胜利是以自己的生命为代价，两个国王都死在战马的铁蹄之下。

在第三纪元的最后 1000 年里，洛汗的骑兵是中土世界的最强骑兵。就像历史上生活在西罗马帝国和东罗马帝国东部和北部平原

洛汗开国国王青年伊欧

托尔金的英雄

上的哥特骑兵一样,洛汗人控制着洛汗平原,守卫着通往亚尔诺和刚铎王国的关口。和哥特人一样,洛汗人也经常全副武装,随时准备战斗,他们有一种热情而高贵的气质。事实上,托尔金对洛汗战争战术的描述,很大程度上借鉴了罗马历史对哥特和伦巴第骑兵的记载。

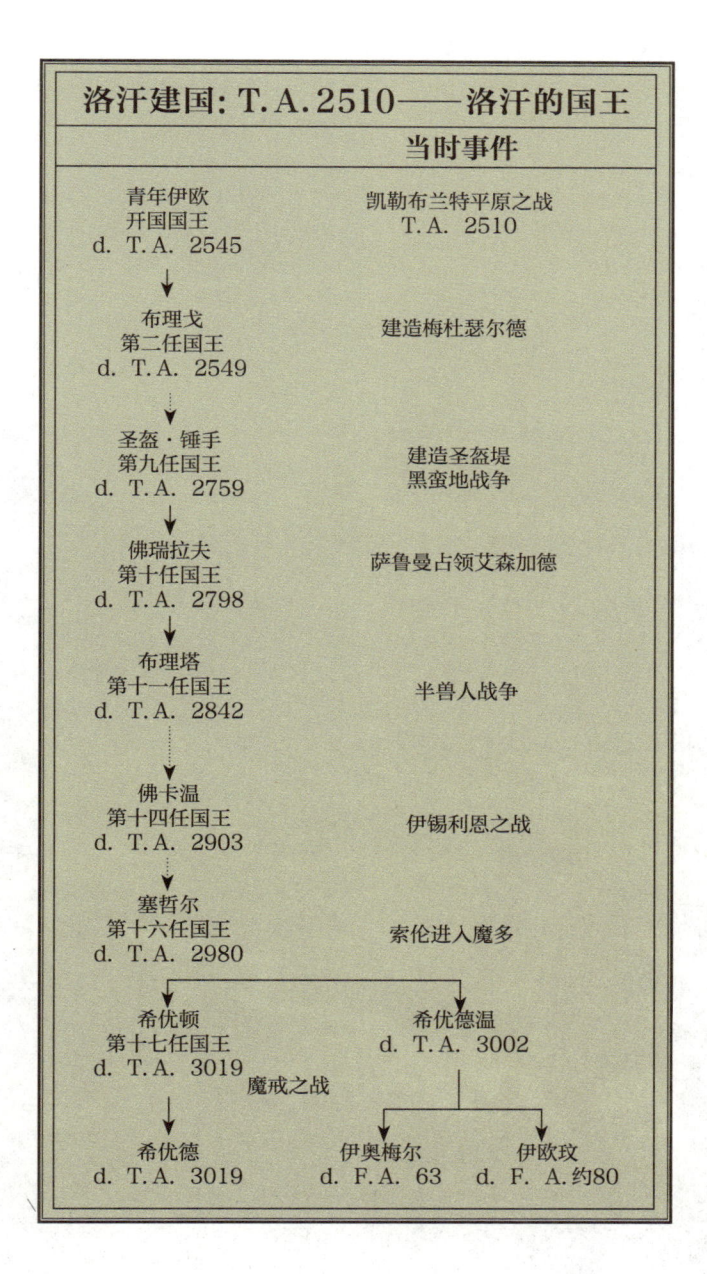

第五部分 第三纪元的英雄：第一部分 登丹人和矮人

洛汗建国: T.A. 2510——洛汗的国王	
	当时事件
青年伊欧 开国国王 d. T.A. 2545	凯勒布兰特平原之战 T.A. 2510
↓	
布理戈 第二任国王 d. T.A. 2549	建造梅杜瑟尔德
↓	
圣盔·锤手 第九任国王 d. T.A. 2759	建造圣盔堤 黑蛮地战争
↓	
佛瑞拉夫 第十任国王 d. T.A. 2798	萨鲁曼占领艾森加德
↓	
布理塔 第十一任国王 d. T.A. 2842	半兽人战争
⋮	
佛卡温 第十四任国王 d. T.A. 2903	伊锡利恩之战
⋮	
塞哲尔 第十六任国王 d. T.A. 2980	索伦进入魔多
希优顿　　　　　　希优德温 第十七任国王　　　 d. T.A. 3002 d. T.A. 3019　　魔戒之战 ↓　　　　　　↓　　　↓ 希优德　　　伊奥梅尔　　伊欧玟 d. T.A. 3019　d. F.A. 63　d. F.A. 约80	

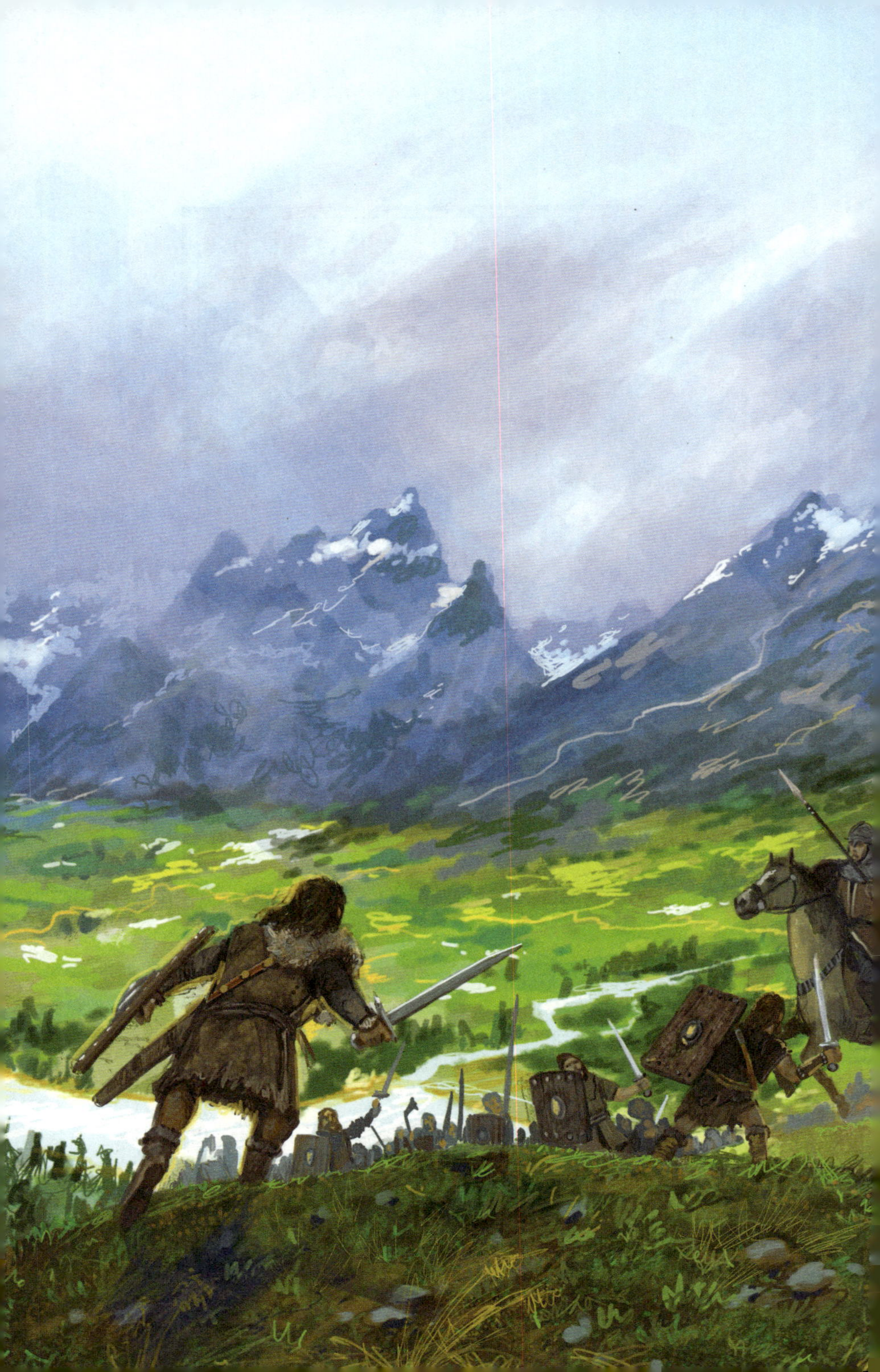

洛汗的马王

标记地领主

尽管洛汗骑兵与哥特人历史相似,托尔金对他们的描述却几乎完全贴合古代盎格鲁-撒克逊人,除了马在他们的文化中具有压倒性的意义这点不同。从本质上说,在洛汗人的文化中,可以看到《贝奥武夫》中的人物和马。事实上,在托尔金的著作中,"翻译"的洛汗语几乎与盎格鲁-撒克逊语(古英语)一致。

洛汗人也被称为"标记地骑兵"。"标记地"(mark)或"过渡地"(march)一词指的是边界地区,被独立盟国占领的土地,作为两个敌对国家之间的缓冲地带。查理曼大帝的法兰克人建立了丹麦标记地(denmark),作为他们和斯堪的纳维亚异教徒国家之间的缓冲地带。在英国,罗马人建立了威尔士过渡地带,盎格鲁-撒克逊人称之为标记地(Mark)或梅尔卡(Mearc)。这就是麦西亚王国,在查理曼大帝时期,麦西亚王国发展成为英国最强大的王国。几个世纪以来,托尔金一直认为这里是英国的中心地带,是他母亲麦西亚祖先的故乡。该地区最强大的国王和奥发大堤的创建者奥发(统治时期为757—796年),似乎为托尔金在描绘洛汗第九任国王、号角堡的建设者和捍卫者圣盔·锤手时带来了无限灵感。

汉弗莱·卡彭特在为托尔金撰写的传记中写道,在托尔金撰写《指环王》期间,他带着家人去白马山度假,那里离牛津不到20英里,位于麦西亚和韦塞克斯的边界。这是著名的史前巨型白马图像的遗址,切入山上的绿色草皮和表土。毫无疑问,这个地标给托尔金留下了这样的印象:一匹白马站在绿色的田野上,为洛汗国王和标记地领主的旗帜增色不少。

都灵和矮人七祖

托尔金的中土矮人史主要关于都灵族矮人。"都灵"(Durin 或 Durinn)这个名字最早出现在冰岛《散文埃达》中,在"德维塔尔"(Dvergatal)或"矮人之卷"中。这个名字翻译过来就是"沉睡者"或"瞌睡者",这也是托尔金创作"矮人七祖"的关键。因为托尔金称都灵为第一位"矮人七祖",以及星辰纪元迷雾山脉中最伟大的矮人王国凯萨督姆(莫瑞亚)的创始人。

托尔金的英雄

托尔金表示，矮人七祖是由维拉的铁匠奥力构思和创造的。矮人称其为"玛哈尔"（意为"造物主"）的奥力，用地下的物质创造了矮人。从奥力开始，人们渴望探索山根，寻找地球上最闪亮的金属和最美丽的珠宝。奥力还渴望掌握雕刻、金属锻造和宝石切割等工艺。然而，从矮人愤怒和暴力的天性来看，他们似乎与北欧雷神托尔武士崇拜的追随者有更多的共同之处。与铁匠之神赫菲斯托斯和奥力不同，雷神托尔在战斗中、在囤积黄金中获得荣耀，而这些黄金都是靠他的战锤（矮人锻造的雷电）赢得的。

在人物构思方面，奥力的矮人七祖在许多方面与古希腊工匠之神赫菲斯托斯所构思的生物相似。这些看起来像是活生生的生物，但实际上是机器一样的机器人，旨在帮助他在铁匠铺里敲打金属和锻造。最初的矮人七祖就像那些机器人一样，无法独立思考或生活，只能在主人的命令下或在主人的思想指引下行动。尽管伊露维塔不允许矮人在自己创造的精灵觉醒之前在中土世界上行走，但他让矮人可以过上真正的生活。因此，矮人七祖长年沉睡，直到黑暗的天空充满了星宿之后瓦尔妲的星光。

托尔金的意图毋庸置疑，因为在众多给星宿之后取的名字中，有一个叫高等精灵法努伊洛斯（Fanuilos），翻译过来就是"白雪公主"，这有点令人困惑。我们刚刚习惯了托尔金版本的"白雪公主与七个小矮人"中"七个小矮人"是真正的"沉睡者"这一说法，

第五部分 第三纪元的英雄：第一部分　登丹人和矮人

现在我们发现，实际上是白雪公主唤醒了七个小矮人。

在第三纪元矮人的历史上，可怕的命运降临在了 S. A. 1980 年都灵的民间，当矮人在凯萨督姆的矿井深处挖掘时，矮人唤醒了可怕

都灵人民排成战斗队形

的火魔。这是一个古老的迈雅火精灵，被称为炎魔或梵拉罗卡，意思是"力量的恶魔"。托尔金创作这只巨兽的灵感来源是北欧火巨人苏特，意为"黑魔"——他是火之乡的领主，火之乡是北欧火巨人邪恶的火山地下世界。在北欧神话中，苏特手持燃烧的剑，与北欧诸神战斗，并在最后一场诸神的黄昏战役中点燃了他们的世界。在中土世界，炎魔用他燃烧的剑和"火鞭"杀死了国王都灵六世，并将都灵的族人赶出了凯萨督姆。

在第三纪元的最后1000年里，凯萨督姆（"矮人之家"）被称为"莫瑞亚"（"黑峡谷"），是一个恐怖的地方，堪比苏特的火之乡。这是一个充满火焰和黑暗的邪恶王国，居住着半兽人、巨魔、巨蟒和无名怪物。这标志着都灵族人开始散居他乡。他们被赶出了古老的王国，不断地迁徙、被放逐，寻找一个安全的新王国。但是在第三纪元，潜伏在都灵部落分散区域的恐怖也威胁到了登丹人王国。莫瑞亚的黑魔、迷雾山脉的半兽人、灰色山脉和埃瑞博山的巨龙，不仅威胁都灵族的矮人，而且威胁着中土世界所有自由的民族。

因此，在亚尔诺和刚铎的登丹人中，都灵的矮人找到了天然的盟友。

此外，在登丹人中发现的弥赛亚主义（在他们最终"国王归来"的传说中）在矮人中更为盛行。都灵一世之所以被称为"不死的都灵"，部分原因是他活得很长。更重要的是，他被认为是"不死的",因为矮人相信,与现实世界中的精神领袖一样,每一个拥有都灵这个名字的国王,实际上都是矮人之父的转世。这是一个跨越数千年的神秘循环,只在第七次也是最后一次化身都灵七世时结束。

沃斯野人:围攻刚锋时,洛汗人和登丹人的盟友

昂巴的海盗，刚锋登丹人的主要敌人

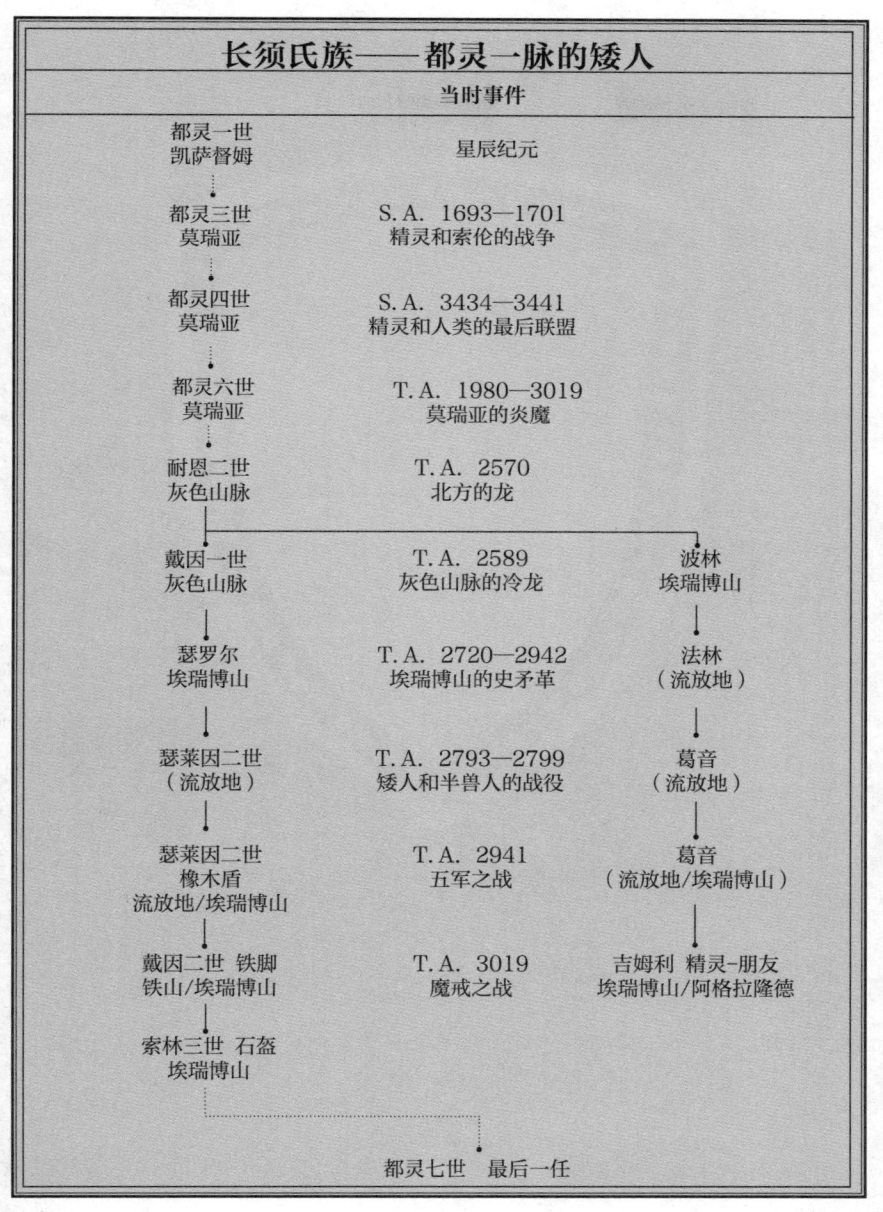

第五部分 第三纪元的英雄：第一部分 登丹人和矮人

长须氏族——都灵一脉的矮人		
	当时事件	
都灵一世 凯萨督姆	星辰纪元	
都灵三世 莫瑞亚	S.A. 1693—1701 精灵和索伦的战争	
都灵四世 莫瑞亚	S.A. 3434—3441 精灵和人类的最后联盟	
都灵六世 莫瑞亚	T.A. 1980—3019 莫瑞亚的炎魔	
耐恩二世 灰色山脉	T.A. 2570 北方的龙	
戴因一世 灰色山脉	T.A. 2589 灰色山脉的冷龙	波林 埃瑞博山
瑟罗尔 埃瑞博山	T.A. 2720—2942 埃瑞博山的史矛革	法林 （流放地）
瑟莱因二世 （流放地）	T.A. 2793—2799 矮人和半兽人的战役	葛音 （流放地）
瑟莱因二世 橡木盾 流放地/埃瑞博山	T.A. 2941 五军之战	葛音 （流放地/埃瑞博山）
戴因二世 铁脚 铁山/埃瑞博山	T.A. 3019 魔戒之战	吉姆利 精灵-朋友 埃瑞博山/阿格拉隆德
索林三世 石盔 埃瑞博山		
	都灵七世 最后一任	

第六部分

第三纪元的英雄
第二部分 霍比特人和矮人

霍比特人的起源

"从前有个霍比特人,他住在地洞里面。"这句话是文学史上最著名的开场白之一,告诉世人霍比特人的存在,这也是世界上第一个霍比特人英雄比尔博·巴金斯的介绍。

《霍比特人》出版于 1937 年,并迅速成为儿童经典。我们实际上确切地知道第一个霍比特人是何时、何地,又以何种方式出现在创造者的脑海中的。1930 年一个温暖的夏日午后,托尔金坐在牛津郊区诺斯穆尔路 20 号他书房的书桌前,忙着批改学校的试卷,"我在一张白纸上潦草地写着:'从前有个霍比特人,他住在地洞里面。'我当时并不知道为什么会写下这样一句话,直到现在也不知道。"

托尔金是盎格鲁-撒克逊语教授和语言学家(研究单词及其起源的学者)。他曾是《牛津英语词典》的学者,对英语(以及许多其他语言)了如指掌。因此,当托尔金后来谈到他第一次想到"霍比特人"这个词时,他评论道:"名字总能够在我的脑海中形成一个故事。因此,我觉得最好还是研究一下霍比特人究竟是什么样的。但这仅仅是一个开始。"但是"仅仅是一个开始"则是过谦的说法。

第六部分 第三纪元的英雄:第二部分 霍比特人和矮人

托尔金确实是从"霍比特人"这个词开始的。这成了一个需要解答的谜题。他决定,必须首先为这个词创造一个语言学上的起源,作为一个原始发明的词"holbytla"(实际上是一个盎格鲁-撒克逊语或古英语结构)的磨损形式,意思是"造洞人"。因此,小说的开头是一个晦涩的文字笑话和一个奇怪的循环思维:"曾经有个造洞人,住在地洞里。"

托尔金不满足于用一种新发明的语言开玩笑,他将这一方法扩展到古英语、古德语中一系列有关"洞"和"造洞人"的语言学双关语,以及一种基于哥特式("kud-duka")和史前德语("khulaz")词汇构成的虚构的"霍比特"语言(khuduk)。(在后来的几年里,

埃尔隆德半精灵的瑞文戴尔之家

他发明了精灵语的两种变体,另一种是矮人语言,还有几种是人类语言。)

这是一种不同寻常的塑造人物和写小说的方式,但它显然是托尔金创作过程中必不可少的一部分。霍比特人生活和冒险的方方面面似乎都是从人名和物名演变而来的。托尔金认为,名字能与传说的力量产生共鸣:命名或描述龙或魔鬼的词语,即使其历史不为人知,故事也不为人知,也往往会在人类的想象中产生力量。

托尔金笔下的霍比特人,自然与土地本身的传统有关。霍比特人的起源,在一定程度上,是从古不列颠人(原威尔士语民族)的神话演化而来,他们是英国最早的居民之一。这些未驯服的不列颠丘陵和森林的凯尔特精灵——小精灵(brownies)——通常被称为霍比斯(hobs)、霍比人(hob men)、霍比赫斯特(hob thrusts 或 hob hursts)。这些精灵身材矮小、毛发浓密、难以捉摸,大多对人类很友好。小精灵有两到三英尺高,藏在"空心的小山"里(通常是古老的冢丘或坟墓),属于凯尔特的野生景观。

托尔金的穴居小人族似乎并不需要我们寻找太多直接的灵感。霍比斯和霍比人经常被称为"山里人"。托尔金当然非常了解凯尔特小精灵的故事和传统。事实上,离托尔金在牛津的家只有几英里远的地方,有一座古老的圆形古墓,至今仍被称为霍比赫斯特之家。

然而,霍比斯和托尔金笔下的霍比特人在本质和目的上是两个

第六部分 第三纪元的英雄：第二部分 霍比特人和矮人

截然不同的种族。托尔金的霍比特人饮茶、抽烟斗，以家庭和花园为导向，对那些野蛮的、非中产阶级的凯尔特人霍比斯和霍比人进行了独特的英式改造。

事实上，托尔金的霍比特人在本质上是"英国人"的精华，无论时代如何。维多利亚时代晚期上流社会的"蛋糕和茶"礼仪与古盎格鲁-撒克逊人的部落传统不合时宜地融合在一起，意在委婉地讽刺。与此同时，托尔金也有意在其霍比特人身上创造出一种体现理想"小英格兰"持久精神的种族，这种理想的"小英格兰"以英格兰郡的土地和村庄为特征。

中土世界的霍比特人的家园是夏尔的耕地和农田。这是托尔金用浪漫主义手法对维多利亚时代晚期的乡村风景进行的类比。

比尔博·巴金斯

托尔金的英雄

第六部分 第三纪元的英雄:第二部分 霍比特人和矮人

托尔金的霍比特人是英国"绿色宜人的土地"的自耕农。他们对于耕作过的土地和起伏的农田就像矮人之于高山:霍比特人是这个地方的精灵,或者说是守护精灵。

托尔金曾写道:"夏尔的原型是英格兰的乡村,而不是世界上任何其他国家。"这也是"对英国乡村的一种模仿,在很大程度上与英国居民的意义相同:他们聚到一起,并注定要聚到一起。毕竟这本书是用英语而著,而且是英国人写的。"

袋底洞——比尔博·巴金斯的家

袋底洞的比尔博·巴金斯

托尔金创造的第一个也是最早的霍比特人是绅士霍比特人，名叫比尔博·巴金斯。我们研究了"霍比特人"这个词，并观察了这个词对人类的影响。现在让我们来研究一下典型的霍比特人比尔博的名字，看看它们对其个性有何影响。

让我们从姓氏说起：巴金斯可以与萨默塞特郡的一个中古英语姓氏巴格（Bagg）相关联，意为"钱袋"或"富人"，而"巴金斯"是兰开夏郡方言中的一个词，意为"下午茶或正餐之间的小吃"。当然，巴金斯是一个富足的霍比特人的姓氏。从表面上看，比尔博·巴金斯最初的形象是一个温和幽默、热爱家庭、性格质朴的中产阶级绅士霍比特人。巴金斯无害、谄媚、喋喋不休、充满家庭智慧，说话冗长委婉，家族史详实。他主要关心家庭的舒适、乡村的节日、晚宴、花园、菜地和粮食的丰收。

比尔博·巴金斯是一个喜剧式反英雄，他踏上了通往英雄世界的旅程。这是一个平凡与英勇相遇的世界，它们的价值观不同。在对比尔博·巴金斯的描述中，呈现出了具有现代日常情感的角色，

第六部分 第三纪元的英雄：第二部分 霍比特人和矮人

读者可能会认同他，而他在一个古老的英雄世界里经历了一场冒险。

比尔博·巴金斯性格的另一个方面是通过分析他的名字得来的。"比尔博"一词进入 15 世纪的英语，很可能起源于巴斯克城市毕尔巴鄂（Bilbao），毕尔巴鄂曾以制作柔韧但几乎牢不可破的精致钢剑而闻名。在莎士比亚时代，比尔博是一把短而致命的尖利之剑——一把小而刺人的剑。

这是对比尔博的剑的准确描述，被施了魔法的精灵刀叫作"刺针"。在巨怪的宝藏中发现的比尔博的"比尔博"是一把精灵之剑，可以穿透盔甲或兽皮，任何其他的剑都能被它折断。然而，在《霍比特人》中，比尔博的优势是英雄的机智，而不是他的利剑。无论他是在躲避半兽人、精灵、咕噜还是恶龙，其聪明才智都让他能解决问题，成功捉弄坏人。

把比尔博·巴金斯的姓和名放在一起，可看出这个英雄性格的两个方面。在某种程度上，这也是霍比特人的性格。从表面上看，巴金斯这个名字暗示着一个无害、富裕、满足的角色，而比尔博这个名字则暗示着一个敏锐、聪明甚至有点危险的人。

托尔金的英雄

巫师甘道夫

在《霍比特人》中，巫师甘道夫以一个标准的童话人物形象出现：在一群矮人的陪伴下，他是一个相当滑稽、古怪的魔法师。他有点像心不在焉的历史教授和糊里糊涂的魔术师。甘道夫还承担了为故事中的英雄（或反英雄）做导师、顾问和导游的传统角色。巫师是非常有用和多才多艺的工具，可以发展童话故事情节，许多包含他们存在的故事证明了这点。巫师的出现通常会伴随着一个故事：不情愿的英雄、秘密地图、古代文件的翻译、超自然武器（如何使用）、一些怪物（如何杀死）、宝藏的位置（如何盗窃）和逃跑计划（可讨论的）。

灰袍甘道夫当然符合这个童话的传统。甘道夫在故事一开始就把矮人和霍比特人带到一起，并让他们开始了探险之旅。正是他将冒险和魔法注入霍比特人的世俗世界，才改变了比尔博·巴金斯的一生。甘道夫带领着这群非法冒险家——索林和他的同伴——来到

对页：夏尔的灰袍巫师甘道夫

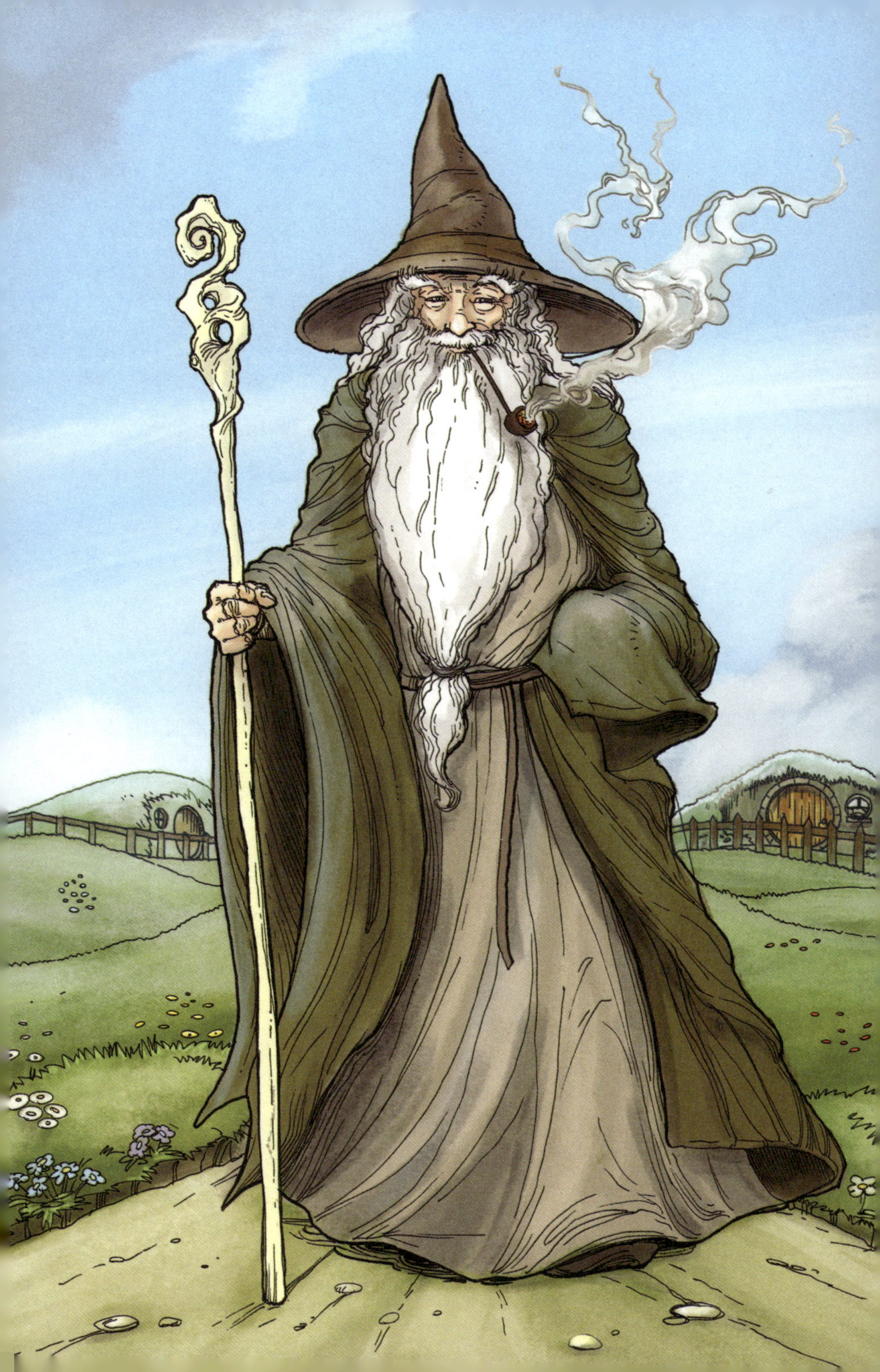

了比尔博的门前。正是这种日常生活与史诗的结合让《霍比特人》如此吸人眼球。龙、巨魔、精灵和宝藏的伟大冒险与下午茶、烤松饼、几品脱啤酒和吐烟圈比赛融合在一起。

因此，在《霍比特人》中，甘道夫是一个童话般的魔法师，戴着传统的尖顶帽子，披着长长的斗篷，手持巫师杖。他是一个有趣和令人安心的存在，就像一个童话教父。他后来在《指环王》中的转变让人有些惊讶，但托尔金随后指出，在所有童话魔术师的背后，都有强大的原型——关于种族历史的神话和史诗。

甘道夫的来源有很多：不列颠人的梅林、北欧人的奥丁、古德国人的沃坦、罗马人的墨丘利、希腊人的赫尔墨斯和埃及人的托特。所有这些都与魔法、巫术、奥术知识和秘密教义有关。最明显的是，甘道夫、梅林、奥丁和沃坦通常都以一个游荡的老人的形象出现，身披灰色斗篷，手里拿着手杖。甘道夫在能力和行为上也和其他人不相上下。通常，这些巫师充当向导，经常使用他们的超自然力量帮助英雄们克服不可能的困难。

第六部分 第三纪元的英雄：第二部分 霍比特人和矮人

巫师和流浪的神

巫师最常见的形象是一个孤独的流浪者，戴着一顶宽边帽，披着一件长长的旅行斗篷，手持一根长长的手杖。传统意义上，这些流浪者往往蓄着胡须，对世界感到厌倦，来自遥远或未知的地方。当谈到讲故事和朗诵文学时，他们常常令人着迷，但他们是"局外人"。他们似乎没有任何个人财富或物质支持：既没有明确的身份或社会地位，也没有家庭或房子。这些孤独的流浪者通晓多种语言和风俗，人们普遍认为他们会施咒语、诅咒，还会施巫术。

很少有人注意到巫师的装束是几乎所有古代朝圣者和职业旅行者都穿的一套服装。曾经有许多四处游荡的职业和活动——旅行的学者、朝圣者、商人、贸易者、抄写员、测量师、音乐家、魔术师和药剂师，他们都穿着相似的服装。还有专业的信使和外交使节不断地在路上走动，他们穿着样式相同或相似的"制服"。这可能是因为这套服装是最适合在任何天气旅行的组合。

这也是希腊神赫尔墨斯（即罗马的墨丘利）被描绘成旅行者之神的原因。赫耳墨斯是奥林匹斯神的信使，在大多数十字路口都有一根柱子,上面画着这位蓄着胡须的旅行者之神。赫尔墨斯和他的同伴奥丁一样,经常以一个普通的旅行者的身份出现在地球上,在那里,民法和流行的迷信都支持好客的传统。因为任何旅行者都可能是一个乔装打扮的神,所有的旅行者都应该受到同等的尊重。

因此,对可怜的朝圣者来说,与这位旅行者之神相似并没有什么害处,这位旅行者之神同时也是魔术师、炼金术士、商人、朝圣者、学者、信使、使节、外交家,以及(可想而知)骗子和小偷之神。众神的使者赫尔墨斯(或墨丘利)通过所有其他神的领域:作为众神的信使,从宙斯(或朱庇特)的领域奥林匹斯,前往冥界——哈迪斯(或普鲁托)的国度,在此引导死者的灵魂。

也可以说,当古人决定将神及其影响赋予行星时,水星作为灰色流浪者(和超速信使),一定是他们更直接的选择之一。毕竟,"行星"这个词来源于希腊语"流浪者"。(由于大多数恒星在天空中是"固定的",而行星最明显的特征就是它在夜空中漫步的能力,因此用这个词来表示这个特殊的意思。)

墨丘利是一个银灰色的"流浪者",以惊人的速度穿越夜空,在路径交叉时拜访每一位神或行星。这是最能说明行星和诸神的多变本性是如何匹配的例子。

索林和同伴

袋底洞的比尔博·巴金斯平静的生活被13个矮人的意外到来所扰乱。这些阴谋者被称为索林和他的同伴，在巫师甘道夫的帮助和怂恿下，他们招募了可敬的霍比特人作为专业窃贼，并引诱他加入穿越荒野的冒险。

索林和同伴在埃瑞博山前

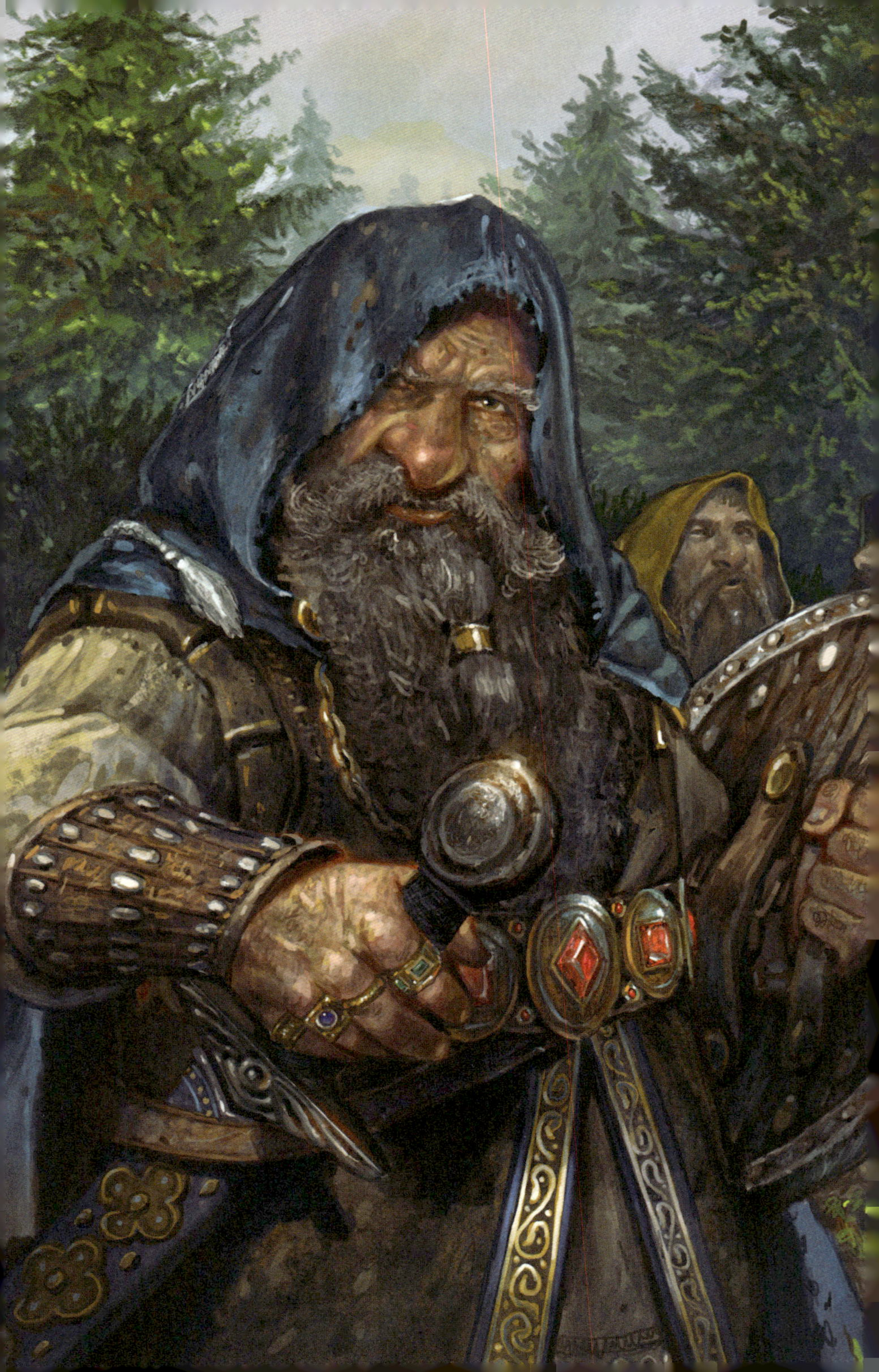

第六部分 第三纪元的英雄：第二部分 霍比特人和矮人

由于托尔金创作《霍比特人》时，有意为孩子写一部冒险小说，所以索林和他的同伴的最初形象在很大程度上与《白雪公主》中相当滑稽的童话小矮人是一致的。然而，读者确实可以通过索林·橡木盾多年前的战争、对抗和战斗，窥见矮人漫长的悲惨历史，从而塑造出索林·橡木盾顽强的性格（最终成为英雄）。矮人的名字也传达了他们古老的传统。

这些名字从何而来？托尔金的名字直接取自维京神话：冰岛12世纪的《散文埃达》。该书涵盖大约所有矮人名字的来源，以下逐一列出他们的名字。这个名单通常被称为"德维塔尔"（Dvergatal），或"矮人之卷"。《霍比特人》中的所有矮人都出现在这个名单中：索林、杜瓦林、巴林、奇力、菲力、比弗、波弗、邦伯、多瑞、诺瑞、欧瑞、欧因和格罗因。托尔金在《散文埃达》中发现并在后来使用的其他矮人名字包括瑟莱因、瑟罗尔、戴因和耐恩。

毫不奇怪，托尔金冒险家集团的领导人名叫索林，意思是"大胆的"。然而，托尔金也从名单上给了他另一个矮人的名字：橡木盾（Eikinskjaldi），意思是"橡树盾之神"。

这个名字激发了托尔金创造一段复杂的背景历史的灵感：在哥布林战争的一场战斗中，索林折断了他的剑，但他捡起了一根橡树树枝继续战斗，他把这根树枝用作棍棒和盾牌。

对页：索林·橡木盾和同伴

托尔金的英雄

瑟莱因，意思是"固执"，是索林父亲的名字，他在顽强抵抗恶龙入侵时被恶龙杀死。索林的妹妹叫迪斯，意思就是"妹妹"。索林的继承人、曾领导铁山矮人的复仇者丹恩·铁脚（Dain Ironfoot），意为"致命的铁脚"（death Ironfoot），他本人与他的勇士名字相符。

同伴中其他成员的名字对托尔金塑造他们的性格起到了重要作用。邦伯（Bombur）的意思是"鼓鼓的"，自然是矮人中最胖的一个；诺瑞（Nori）的意思是"矮小的人或东西"，是身材最小的矮人；巴林（Balin），意思是"燃烧的人"，他在战斗中表现热血，但对待朋友热心温暖；欧瑞（Ori），意为"愤怒的"，在他在莫瑞亚被杀之前，他进行了激烈的战斗；而格罗因（Glóin），意思是"发光的人"，赢得了荣耀和财富。

毫无疑问，德维塔尔的名单是托尔金的灵感源泉，也是他"发现"矮人性格的方式。

索林·橡木盾

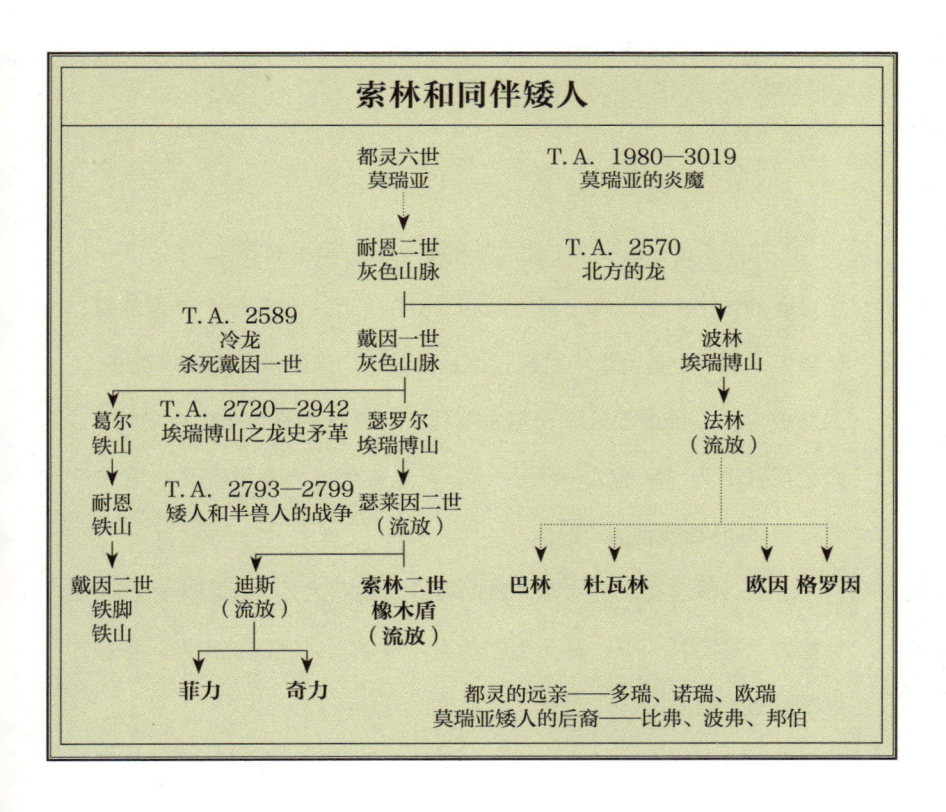

第六部分 第三纪元的英雄：第二部分 霍比特人和矮人

索林和同伴矮人

```
                都灵六世           T.A. 1980—3019
                莫瑞亚            莫瑞亚的炎魔
                   ↓
                耐恩二世           T.A. 2570
                灰色山脉           北方的龙
                   │                 ↓
 T.A. 2589          ↓              波林
 冷龙             戴因一世          埃瑞博山
 杀死戴因一世      灰色山脉            ↓
    │               │              法林
  葛尔    T.A. 2720—2942  瑟罗尔     （流放）
  铁山   埃瑞博山之龙史矛革  埃瑞博山      │
    ↓       │              ↓
  耐恩   T.A. 2793—2799   瑟莱因二世
  铁山   矮人和半兽人的战争  （流放）
    ↓        │              ↓
 戴因二世   迪斯           索林二世
  铁脚    （流放）          橡木盾
  铁山      │              （流放）
            ↓  ↓
          菲力 奇力         巴林  杜瓦林    欧因 格罗因

           都灵的远亲——多瑞、诺瑞、欧瑞
           莫瑞亚矮人的后裔——比弗、波弗、邦伯
```

窃贼比尔博·巴金斯

正如托尔金在比尔博·巴金斯的名字中所暗示的那样，比尔博·巴金斯的性格中总是有一些不同和对立的东西：他是一个典型的霍比特人，脑中全是生活小百科，但是他对更广阔的世界充满好奇心，头脑敏锐、不畏惧艰险。托尔金解释说，在某种程度上，比尔博·巴金斯被选为"幸运的14号"，是特意避免成为象征不幸的第13名与索林同行的冒险家。

但是，很明显，比尔博之所以被选为窃贼大师，是因为他的隐身能力。霍比特人有一种天生的能力，可以安静地四处走动，不被身形更高大的人发现。

在日常生活中，窃贼是社会所不容的罪犯；在童话和神话的世界里，窃贼却是著名的英雄，以其技巧、机智和勇敢得到赞扬，其行为丰富了整个家庭、部落和人民。这是许多童话故事的典型情节，比如《杰克和豆茎》，或者是世界上许多神话故事，在这些故事中，主人公到另一个世界去偷财宝、魔法武器，甚至是生火的秘密。

为什么甘道夫和索林认为比尔博·巴金斯会成为一个优秀的窃

贼,帮助矮人偷走龙的宝藏呢?答案似乎来自托尔金自己的陈述:"名字总是在我的脑海中创造出一个故事。"托尔金又一次沉迷于文字游戏:比尔博·巴金斯是普通市民,后来成了窃贼。在《通向中土之路》一书中,汤姆·希普里在其《中产阶级窃贼》一章中探讨了这一观点。希普里注意到,一个市民是一个自治市或行政区(或洞穴)的自由民,这当然也适用于比尔博·巴金斯。更重要的是,其衍生词"布尔乔亚"(bourgeois)描述的是一个思想平庸的中产阶级。日耳曼同源词"burg"的意思是"土堆、堡垒、寨子"。

市民是拥有房子的人;窃贼是抢劫房屋的人。所以,平凡的中产阶级市民进入童话世界,变成了自己的对立面——一个窃贼。

埃瑞博山之旅:孤山

随着埃瑞博山之旅的开始,尽管甘道夫向索林和同伴做出了保证,但比尔博·巴金斯似乎完全不能胜任佣兵窃贼的角色。事实上,比尔博不得不羞愧地接受了这个窃贼大师的角色。第一次出来的时候,霍比特人在巨魔树林(字面意思是"巨魔森林")里被三个非常迟钝的巨魔抓住,把所有的13个矮人都带到了几近灾难的境地。

撞上巨魔是对格林兄弟童话《勇敢的小裁缝》，以及冰岛神话中骗子故事的模仿。然而，正是巫师甘道夫像裁缝一样，用他的智慧让巨魔争吵不休，直到太阳升起，把这些黑暗的生物变成石头。这是童话故事中常见的情节主线，讲述的是智胜巨魔、巨人和其他怪物的故事。叙述者所写的"巨魔……在黎明到来前必须藏在地下"是一种民间信仰，可追溯到12世纪以前，当时被记录在冰岛诗歌《散文埃达》中的《艾尔维斯之歌》。

在这段故事中，甘道夫给比尔博·巴金斯上了第一课，教他如何用自己的智慧打败更强大的敌人。这是典型的童话故事，英雄的奖励是一个宝藏，获得一件武器，这些武器在未来的冒险中必不可少。在这种情况下，三把精灵的剑——一把剑给甘道夫，一把剑给索林，另一把匕首对于霍比特人来说就是很好的剑了。

半精灵大师埃尔隆德

甘道夫离开巨魔树林，领着索林和同伴进入了瑞文戴尔的幽谷和半精灵大师埃尔隆德的领地。四千年来，瑞文戴尔一直是所有精灵和善良之人的智慧和学识的避难所，被认为是"大海以东最后一

第六部分 第三纪元的英雄：第二部分 霍比特人和矮人

座简朴的房子"。

托尔金将中土世界的西北部描述为在地理上相当于欧洲和地中海北岸，他有一句名言："霍比屯和瑞文戴尔大约在牛津的纬度。"然而，很明显，瑞文戴尔并不只是"在牛津的纬度上"，它是牛津大学的化身。在瑞文戴尔，通用的语言是西方通用语，而真正的学者则选择了古老的精灵语辛达林语和昆雅语。

在牛津，通用语言是英语，而真正的学者则选择古老的拉丁语和希腊语。在托尔金的心目中，瑞文戴尔是一个精灵的牛津，而经历两次世界大战的牛津则是英国的瑞文戴尔：一个充满智慧和渊博学识的避难所，在这个因战争而疯狂的世界中，抄写员和学者们可以在这里和平地工作。

埃尔隆德大师对语言的运用多少有些过时，但对于一个本质上是牛津阿什莫尔学院和博德莱安图书馆6000年历史的化身的人来说，并非特别过时。《精灵宝钻》揭示了埃尔隆德一半精灵血统的遗产，但在《霍比特人》中，埃尔隆德的智慧显露无遗，我们只知道，"埃尔隆德对各种符文了如指掌"。这是一种神谕，在神话和传说中很常见，为寻找英雄提供了必不可少的古代知识。

在托尔金的世界里，矮人王国的大部分入口都是山墙上的暗门。就像大多数童话故事中包含的"山中之门"的主题一样，这些门会令丢失的遗产或被诅咒的黄金宝藏被发现，需要英雄的智慧智取或安抚山中守护这些宝藏的人。进入通常是通过咒语、金钥匙或某种谜语的答案来实现的。

这些不同于《阿里巴巴和四十大盗》的"芝麻开门！"、《阿拉丁》的魔法戒指和《花衣魔笛手》中命令石门的音乐。在《霍比特人》中，通过秘密之门进入大山下的王国被证明是很复杂的。甘道夫拿到了一张地图和一把钥匙，但即便如此，也需要半精灵埃尔隆德的智慧，才能读懂隐藏的"月亮信笺"，这些字母能透露出埃瑞博山上的大门可能被发现和打开的确切时间、地点和方式。

咕噜和哥布林

当比尔博·巴金斯和索林等人试图穿越迷雾山脉的高地时，被困在了哥布林城镇的地下王国。在故事的某一处，托尔金说山上到处都是"最邪恶的哥布林、小妖精和半兽人"。当然，这个名单有点多余，因为这三种都属于同一种族的肮脏生物。托尔金笔下的《精灵宝钻》中邪恶、无可救药的半兽人，在《霍比特人》中，则是名字更为普通的哥布林，也更适合儿童文学的童话世界。甘道夫和索

第六部分 第三纪元的英雄：第二部分 霍比特人和矮人

林充分利用了从巨魔的宝藏中缴获的精灵宝剑——格兰瑞或称"敌击剑"，和奥克瑞斯特剑或称"妖斩剑"，成功逃离了哥布林的城镇。

与此同时，尽管比尔博拥有精灵匕首，这确实为他提供了一些保护，使他免受食人妖咕噜的直接攻击，但支撑他的是他回答谜题时的机智，以及他发现一枚魔法戒指的"运气"，这枚戒指让他最终得以逃脱。

正如托尔金在《霍比特人》中的解释，比尔博发现的隐形戒指本质上是一个"装置"——在许多童话故事的情节中都很常见——用来把普通人变成一个非凡的英雄。然而，在他多年后开始创作《指环王》之前，这枚戒指的真正意义和历史对作者来说并不比对霍比特人更明显。然而，正如《霍比特人》中的叙述者所言，比尔博在隧道地板上发现魔戒不可能纯粹是偶然的："这是他职业生涯的转折点，但他并不知道。"比尔博用魔戒来躲避咕噜和半兽人，甚至绕过矮人，而矮人立刻发觉了他的鬼鬼祟祟的本领，开始对他相当尊敬。

比尔博战胜了诡计多谋的咕噜，也偷到了戒指，他和巫师甘道夫的学徒生涯就此结束："小偷！小偷！小偷！巴金斯！我们恨它，我们永远恨它！"这确实是一个从事盗窃和谋杀几个世纪的老手的高度赞扬。

比翁和贝奥武夫

在哥布林城镇的冒险之后,有片刻的休息时间,冒险家得到了比翁的庇护和食物。比翁(Beorn)是波宁人(Beornings)同名酋长,

换皮人比翁

第六部分 第三纪元的英雄：第二部分 霍比特人和矮人

他身材高大，蓄着黑胡子，穿着一件粗糙的羊毛外衣，手里拿着一把樵夫的斧头。

很明显，这与盎格鲁-撒克逊人的英雄世界极其类似，因为比翁似乎是史诗英雄贝奥武夫的中土世界孪生兄弟。比翁以自身的力量、荣誉准则、可怕的愤怒和热情好客而自豪，他就是贝奥武夫被转换成童话般的人物。就连他的家看起来也像是小型版的鹿厅，赫罗斯伽国王的议事大厅。

事实上，托尔金通过语言学手法，给他的角色起了一个名字，这个名字听起来和看起来都和贝奥武夫不一样，但最终的意思却大同小异。比翁是蜜蜂的饲养员，也是蜂蜜的爱好者。他的名字在古英语中的意思是"人"，而在挪威语中是"熊"。与此同时，如果我们看看古英语名字贝奥武夫，就会发现它字面的奇怪意思是"蜂狼"。什么是蜂狼？这是古代盎格鲁-撒克逊人喜欢创造的谜语名字的典型代表。"什么狼猎杀蜜蜂——偷走它们的蜂蜜？"答案很明显："蜂狼"，是熊的比喻。因此，贝奥武夫和比翁都是"熊"的意思。有人可能会说贝奥武夫和比翁是同一个人，有着不同的名字，或者说在他们象征性的伪装下，就像蜂狼和熊一样，他们是同一种动物，有着不同的皮肤。

托尔金将比翁描述为波宁人的创始人，"波宁人"是"人熊"的一种，与冰岛文学中提到的类似的人熊"换皮人"有密切关系，被

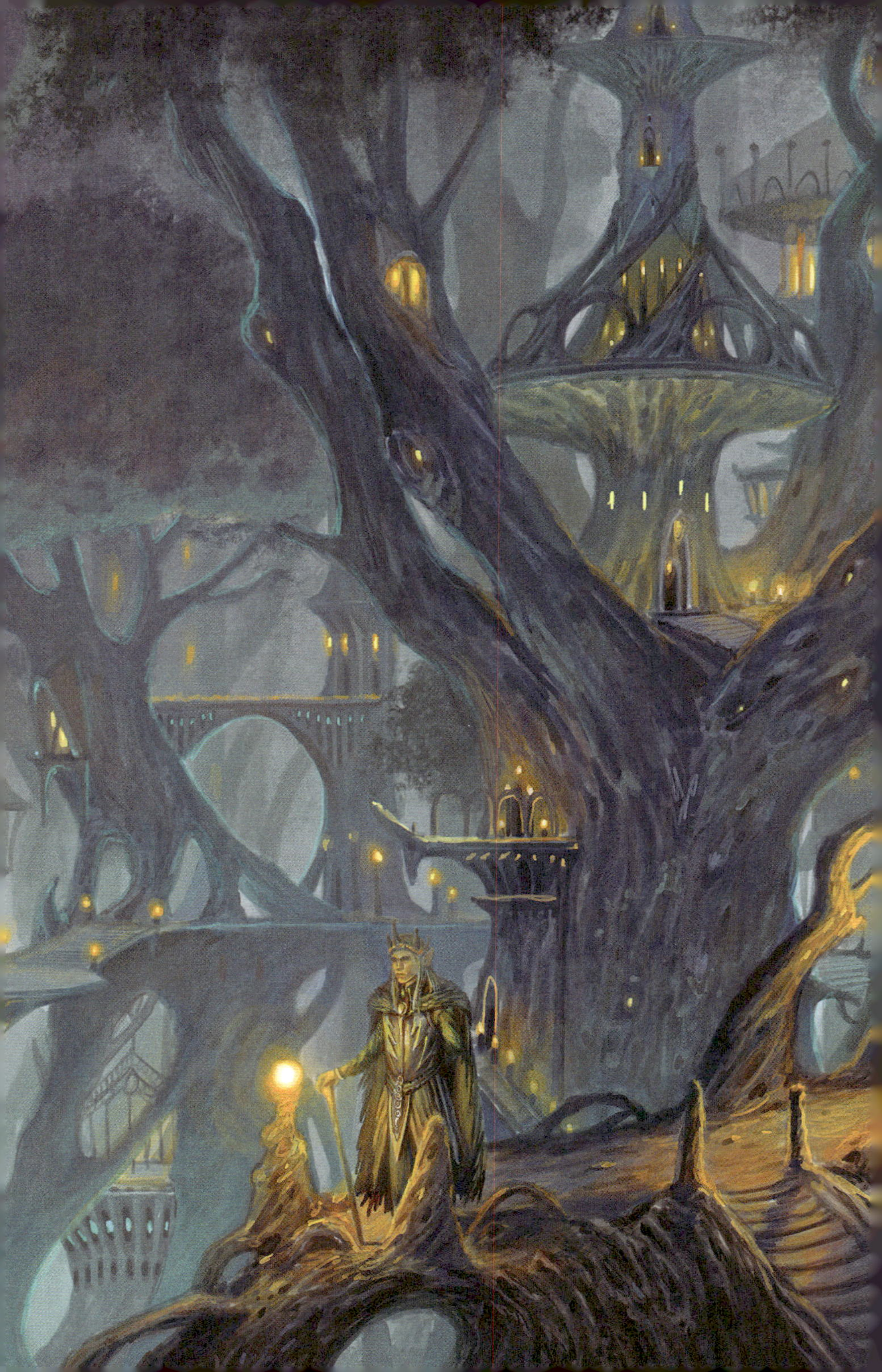

称为"狂暴斗士"（berserkers）的熊类狂热战士——这个名字来源于"bear-sark"或"bear-shirts"。

在"圣战狂怒"中，历史上的狂暴斗士感到自己被愤怒的熊的凶猛灵魂附身：作为奥丁的圣战者，他们只穿着兽皮，有时会赤手空拳地投入战斗，但在这样的狂怒中，他们徒手和用牙齿，将敌人肢体撕碎。然而，这种状态只是对狂热奇迹核心的苍白模仿：人类化身为熊。

托尔金再一次用一个名字来激发他的想象力。很快，熊人比翁就变成了一个具有变形能力的"换皮人"：从人到野兽，再从野兽到人。这是一种超自然的力量，最终使比翁成为五军之战结局的一个关键因素。

幽暗密林和精灵王

"现在我们来到了旅程中最危险的部分。"叙述者告诉我们，霍比特人、索林和同伴进入了幽暗密林。到了第三纪元，幽暗密林变

对页：林地王国国王瑟兰督伊

托尔金的英雄

成了一个充满恐惧的地方，到处都有妖精、狼和大蜘蛛出没。"幽暗密林"这个名字本身就传达了对原始森林的迷信恐惧，这种恐惧存在于格林兄弟的许多童话故事中，包括《小红帽》和《汉塞尔与格蕾特》，以及亚瑟王传说。

在日耳曼和北欧的史诗中，黑暗森林一直存在，有时甚至被特别命名为"幽暗密林"。在《沃尔松格传说》中，屠龙者齐格鲁德进入幽暗密林，停下来悼念失去的"金光闪闪的荒地"，如今这片荒地已被恶龙法夫纳的邪恶毁掉。这种被邪恶污染的荒野主题在托尔金的幽暗密林中体现得淋漓尽致，后来又在史矛革荒漠、埃瑞博山之龙中重现。

正是在幽暗密林中，比尔博·巴金斯两次拯救了陷入困境的矮人，并证明了他的勇气。他的转变令人瞩目，在幽暗密林中，胆小的比尔博变成了最凶残的英雄。他带着发光的精灵刺针和隐形戒指，残忍地杀死了幽暗密林里邪恶的大蜘蛛。当矮人被精灵国王俘虏时，比尔博策划了他们的越狱。此后，同伴前往长湖镇，前往山下的矮人王国，旅途相对平静。在那里，比尔博·巴金斯作为一名窃贼大师的技能的终极考验就是一探孤山巨龙的巢穴。

《精灵宝钻》的史诗故事重点是精灵的历史，矮人在其中只扮演次要角色，而《霍比特人》则恰恰相反。这里的精灵并非主角，尤其是森林精灵最初被描绘成普通的童话精灵，充满了歌声和欢乐。

第六部分 第三纪元的英雄：第二部分 霍比特人和矮人

虽然托尔金让读者对他的"光明精灵、幽谷精灵和海洋精灵"的复杂而不断发展的神话有不经意的一瞥，但在这里，幽暗国王仅有一个头衔，而非恰当的名字——"精灵王"。他的真名只在《指环王》中出现过，他就是林地王国的国王瑟兰督伊（莱戈拉斯·格林利夫之父）。而且，通过追溯他的祖先到贝尔兰——他的父亲奥罗费尔是多瑞亚斯的辛达领主——我们可以推断，他的首都本质上是一个缩小版的明霓国斯——千石窟之城。

托尔金还让《霍比特人》的读者对矮人和精灵之间的血仇有了最细微的了解。在这部小说中，托尔金的灵感来自北欧传说中盗窃布瑞什加孟即"布里辛矮人的项链"的故事，这导致了两位国王之间无休止的战争。在《霍比特人》中，精灵国王暗指盗窃"矮人的项链"之事，这导致精灵和矮人之间长达 6000 年的不和。

托尔金的英雄

埃瑞博山的金龙

比尔博·巴金斯带着他的戒指和刺针,带着在幽暗密林的历险给他的信心,已经准备好接受他作为窃贼大师的最高考验。托尔金承认,《霍比特人》中霍比特人与埃瑞博山巨龙初次相遇时的环境和行为——至少在潜意识里——受到了《贝奥武夫》中一段话的启发。1938年,托尔金在给英国报纸《观察家报》的一封信中写道:"贝奥武夫是我最宝贵的资料来源之一。虽然在写作的过程中该书并没有有意识地呈现在脑海中,但盗窃的情节是自然地(几乎是不可避免地)从当时的环境中产生的。"

虽然这两个故事没有明显的相似之处,但《贝奥武夫》中的龙与《霍比特人》中的史矛革之死强烈相似。贝奥武夫的龙醒来时,一个小偷找到了进入龙的洞穴的方法,并从宝藏中偷了一个珠宝杯。当比尔博发现自己进入了巨龙史矛革的洞穴,并从宝藏中偷走了一个镶有珠宝的杯子时,这一场景被完美复制下来。两个小偷都成功避免被立即发现罪行,无需直面龙的危险。然而,故事中附近的人

对页:比尔博·巴金斯在金色史矛革的巢穴

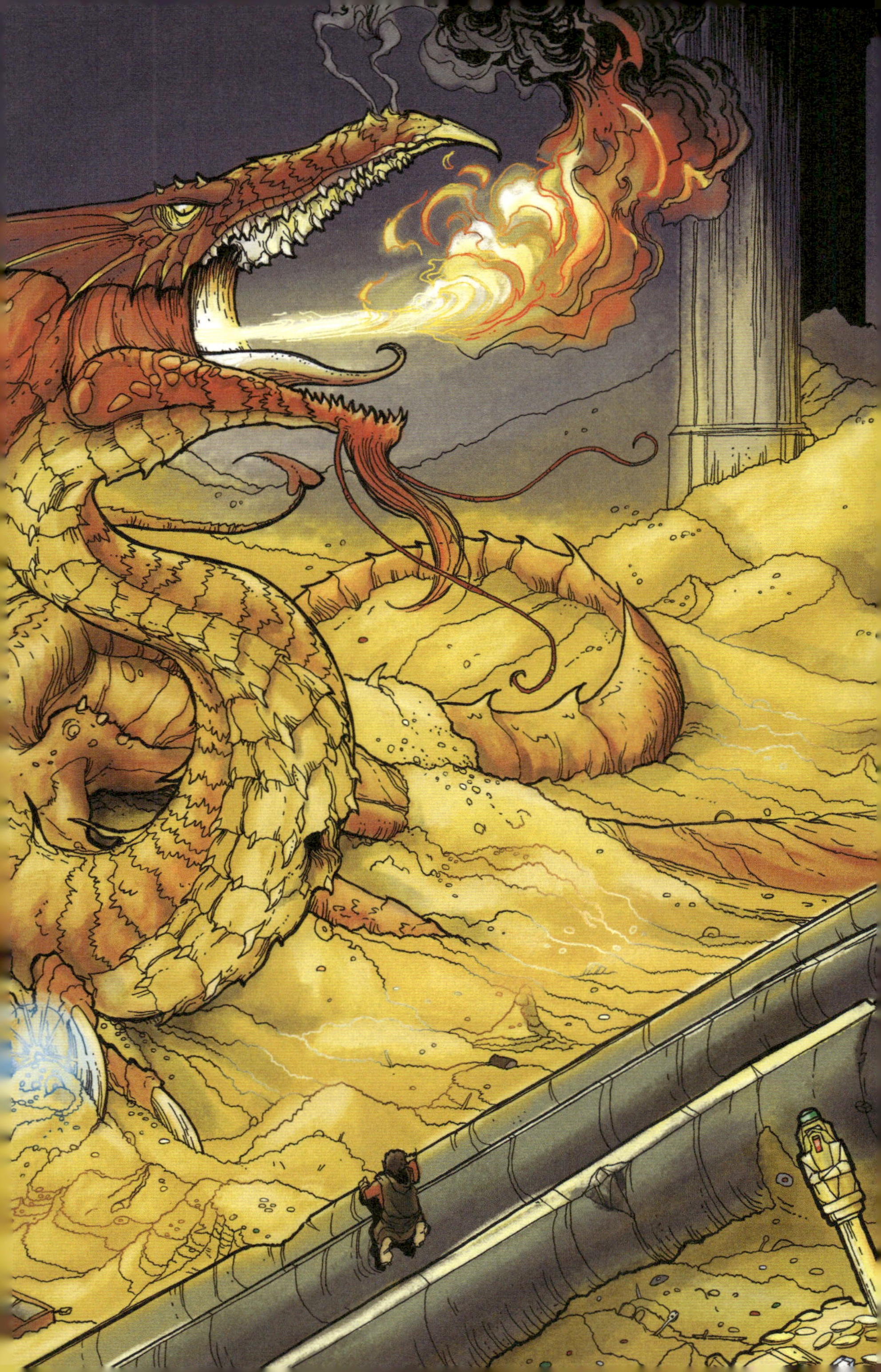

类定居点却遭受了恶龙的暴怒。

和以往一样，托尔金也会玩弄名字的文字游戏。史矛革虽然拥有巨大的力量，但和其他神话传说中的巨龙一样，虚荣自负，容易受到奉承。比尔博第二次造访宝藏时被抓住，史矛革很容易被霍比特人的谜语弄得分心。

确切地说，史矛革的性格便是自鸣得意。他对敌人的傲慢和蔑视使他被霍比特人的计谋蒙骗，给了比尔博一个发现史矛革"阿基里斯之踵"的机会。在龙的传说的悠久传统中，至少可以追溯到《沃尔松格传说》中的龙法夫纳，这条大蛇柔软的腹部便是其弱处——这也不算什么秘密。不过，史矛革已经采取了预防措施，用镶嵌着珠宝的"钻石背心"来保护自己。霍比特人的拖延战术让他有机会观察到宝石外壳上一块光秃秃的地方。正是由于一只画眉传递这一信息，长湖镇的弓箭手巴德后来才能消灭这只"大虫"。

五军之战

当然，史矛革之死并没有终结探险之旅，相反，它引发了善恶对立势力之间的一场末日之战，争夺埃瑞博山及其宝藏的控制权。

第六部分 第三纪元的英雄：第二部分 霍比特人和矮人

壮观的五军之战就是"善灾"的一个例子，一场突如其来的灾难，并以一个美好的结局结束。这个词是托尔金在他的标志性文章《论童话故事》中创造的。"善灾"（Eucastrophe）是一个希腊语结构，严格翻译为"良好的破坏"。托尔金认为，这是"童话的真正形式及其最高功能"。他指明，虽然悲剧是戏剧的真正形式，但对于童话故事来说，幸福结局的安慰是必不可少的——不管之前的冒险经历有多么可怕。

在五军之战中，踏上征途的英雄聚集在森林精灵、长湖镇和山谷的人类、埃瑞博山和铁山的矮人的号召下，与多尔哥多和刚达巴的哥布林大军和幽暗密林的座狼（野狼）发生了不同程度的冲突（精确地识别出两支邪恶的军队各不相同）。在《霍比特人》的童话尺度上，这是一场史诗规模的战争，尽管在更大范围的中土战争中，这场战争似乎不那么具有灾难性。

矮人、人类和精灵的军队胜算不大，他们的人数与哥布林、狼和骑狼者的数量之比是十比一。因此，尽管瑟兰督伊的精灵和巴德的手下决心坚定，尽管矮人在索林·橡木盾的最后一次冲锋中英勇牺牲，自由人民的力量仍处于毁灭的边缘。在这一关键时刻，托尔金给了他的英雄一个解脱的时刻。这就是托尔金的善灾——"一种突然而神奇的恩典"。

迷雾山脉的一群雄鹰像骑兵一样飞来了，不久比翁以一只巨大

的"熊人"的形式加入了他们。比翁几乎是刀枪不入,充满了战斗的愤怒,他把恐怖带到了战场上,而老鹰则像致命的闪电一样扑向哥布林。这些超自然的干预被古典学者称为"神的神机妙算"——在一出戏剧的结尾,神的及时干预逆转了灾难——托尔金笔下的鹰取代了宙斯/朱庇特,后者有时以鹰的形式出现。于是,五军之战的形势逆转了,恶势力被推翻了。

巨鹰之王风王关赫和迷雾山脉的鹰

从霍比特人到英雄

比尔博·巴金斯在与埃瑞博山之龙的斗智斗勇中的谜语是"我从袋底洞来,但是我身上没有袋子"。霍比特人和他的创造者着迷于双关语、文字游戏和谜语,而且通过这些文学手法,平凡的中产阶级变成了一个大胆的窃贼的故事变得趣味无穷。

通过观察霍比特人变成了怎样的窃贼,我们可以从另一个角度来观察比尔博·巴金斯的转变。我们可以通过创造一个与之密切相关的词和职业来确定——"跛足者"(hobbler)。在英国,"hobbler"是19世纪和20世纪早期的一个黑社会术语,指的是一种特殊类型的罪犯,他们通过盗窃和骗局或"敲竹杠",获取大量的赃物。他们以身作则地表现出"小偷之间的耻辱",因为他们的受害者通常是另一个首先通过盗窃获得战利品的罪犯。

"hobbler"一词来源于"to hobble",意为"使困惑或妨碍"。

托尔金的英雄

这可以在身体上完成,但更多的时候是通过心理上的欺骗来实现的。在托尔金的世界里,我们经常看到强大的力量被对手"裹足不前",他们用令人费解的谜语或具有法律约束力的文字游戏来代替蛮力。尽管初次露面,但比尔博·巴金斯却是欺诈大师的绝佳人选。作为一个霍比特人,比尔博几乎没有机会利用身体进行恐吓,所以他更有可能学会如何迷惑、阻碍他的敌人,而非体力对抗。如果他想生存下去,他必须迅速学会运用他的智慧和一些专业工具,以解除其他罪犯的非法抢劫。

比尔博·巴金斯的技巧在犯罪世界俚语中得到了完美的描述,该俚语于1812年在英国首次被记录在案(此后一直被使用):"to hobble a plant"的意思是"发现被另一个人藏起来的赃物,通过欺骗或偷盗来获取赃物",这个短语大致的意思是"发现者欺诈了种植者"。这是比尔博在每次重大遭遇中使用的技巧——不管"种植者"

比尔博·巴金斯在瑞文戴尔的图书馆度过退休时光

第六部分 第三纪元的英雄：第二部分 霍比特人和矮人

（罪犯兼受害者）是巨魔、哥布林、咕噜、龙，还是矮人。

在各个故事中，比尔博·巴金斯欺骗和逃避对手，英雄窃贼得到"掠夺战利品"。就这样，一个平凡、温和的霍比特人迅速成长为一流的霍比特英雄。

这并非全部。奇怪的是，还有更多的方法可以把我们袋底洞巴金斯和维多利亚时代英国的黑社会罪犯联系起来。其中三个非常值得注意："袋子"（bag）的意思是捕获、获得或偷窃；"行李员"（baggage man）是携带赃物或战利品的不法之徒；而"中间人"（bag man）则是代表他人收集和分配钱财的人。名字有什么关系？在袋底洞的比尔博·巴金斯身上，我们看到了一个住在镇上和地洞里的中产阶级市民，他自封为职业窃贼、行李员和中间人，成了最非霍比特人的生物———一个英雄。

第七部分

第三纪元的英雄：
第三部分 霍比特人和登丹人

托尔金的英雄

托尔金曾经描述过，比尔博·巴金斯在半兽人洞穴中发现魔戒，令作者和他笔下的霍比特英雄都感到意外。托尔金对其历史的了解并不比比尔博·巴金斯多。他还解释了它是如何从《霍比特人》中简单的情节发展成为史诗《指环王》的中心形象的。

这枚戒指怎么会躺在托尔金的脑海里？事实上，托尔金的指环之旅根植于一个古老的故事传统，可以追溯到文明诞生之初。这一遗产的丰富性在托尔金自己的作品中显而易见，在他对这些神话传说中保存的古代智慧的深刻理解中也可见一斑。

《指环王》最初被认为是《霍比特人》的童话续集。然而，在第二章，比尔博·巴金斯早已消失，他的继承人弗罗多·巴金斯继承了袋底洞和戒指。小说开始从浪漫的童话世界转移到史诗和神话，甘道夫揭露了戒指真正的邪恶性质，弗罗多·巴金斯发现自己继承了一场比比尔博的征程更精彩的冒险。事实上，与拥有魔戒所带来的挑战相比，屠龙似乎是一件小事。

第七部分 第三纪元的英雄：第三部分 霍比特人和登丹人

汤姆·庞巴迪是精灵、矮人和人类的传说中的一个民间人物

弗罗多·巴金斯和魔戒

托尔金承认"名字总能在我的脑海中产生一个故事"，这揭示了霍比特人的许多共性，尤其是比尔博·巴金斯。弗罗多·巴金斯这个名字到底有什么特殊的性格特质，使其成为魔戒之旅中的英雄？

这里我们需要观察一种语言的逻辑链：弗罗多在最初的霍比特语中是"弗罗达"（Froda），托尔金非常了解，弗罗达在古英语中是"智慧"的意思，而在古斯堪的纳维亚语中，"弗罗西"（Frothi）的意思是"智慧的人"。

托尔金的英雄

霍比特人在比尔博的送别晚会

在古英语文学和斯堪的纳维亚神话中,弗罗多(或 Froda、Frothi、Frotha)这个名字通常与作为和平缔造者而闻名的英雄联系在一起。在古老的英国史诗《贝奥武夫》中有一个叫弗罗达的人,他是希思伯德的国王,权力很大,试图在丹麦人和吟游诗人之间建立和平。在北欧神话中,有一个国王弗罗西,统治着一个和平与繁荣的王国。我们将会看到,这无疑预示着弗罗多最终将扮演智者弗罗多和和平缔造者弗罗多,在魔戒之旅中发光发热。

还有巴金斯这个姓氏。还有什么遗产和巴金斯的姓氏一起传给了持戒人弗罗多?通过对比尔博·巴金斯作为盗窃大师的遗产的调查,我们已经整理出了巴金斯的大量资料,尤其是那些适用于各种名称的专业且高技巧的盗窃形式的资料。在至尊魔戒的背景下,巴金斯这个姓氏和另一个专门的黑社会职业——"装袋者"或"偷包贼"

典型的霍比特人

第七部分 第三纪元的英雄：第三部分 霍比特人和登丹人

之间有着惊人的联系。装袋者指专门抓着受害者的手偷戒指的小偷。值得注意的是，这个词与"行李"没有任何关系，只是源于法语"bague"的一个同音异义词，意为"戒指"。这个词似乎在1890~1940年间被广泛使用。

似乎从一开始，巴金斯这个姓氏就种下了《霍比特人》和《指环王》情节的种子。因为，即使比比尔博和弗罗多作为窃贼的高超技巧（他们的技巧广受宣传，而且非常有用）更进一步，人们也可能得出这样的结论——从指环王（或者，实际上是咕噜）的角度来看——袋底洞的巴金斯也是天生的魔戒窃贼。

山姆卫斯·詹吉

毫无疑问，弗罗多·巴金斯的伙伴兼仆人、粗犷的工薪阶层山姆卫斯·詹吉就是托尔金所说的典型的"缺乏想象力、狭隘"的霍比特人。然而，山姆勇敢的心和对弗罗多坚定不移的忠诚不止一次拯救了他们漫长的征程。他的行为也展现了托尔金所描述的最不可能的霍比特人特征，即"处于紧要关头的普通人惊人而意外的英雄主义"。

我们再次发现一个霍比特人的名字是他性格的关键。山姆卫斯·

托尔金的英雄

弗罗多和古冢尸妖

詹吉是哈姆法斯特·詹吉的儿子。因此,正如他主人的名字弗罗多在逻辑上是"智慧"的意思一样,我们发现,在古英语的音译中,"Samwise"的意思是"半智慧"或"简单"。

山姆父亲的名字同样具有描述性:哈姆法斯特,在古英语中,意思是"待在家里"或"在家里待着",这些都是简单的园艺工人的名字。

山姆卫斯的姓"詹吉"既生动又有趣。最初的霍比特语名字是"Galpsi",托尔金告诉我们,"Galpsi"的用法源于"Galbasi",意思是"来自 Galabas(Galpsi)村",本身就是源自"galab",意思是"游戏""俏

第七部分 第三纪元的英雄：第三部分 霍比特人和登丹人

皮话"或"笑话","bas"则是"村庄"的意思,在古英语中是"wich"。

所以我们有了"玩笑村庄"，翻译为英文就是"Gamwich"（发音为"Gammidge"），后来演变为"Gammidgy"，最后的形式为"Gamgee"，意思是"游戏""俏皮话"或"笑话"。有了半智慧半愚蠢的山姆卫斯·詹吉，就完美地衬托了他的主人，睿智的弗罗多·巴金斯。头脑简单的山姆卫斯·詹吉面对任何挑战总是一笑而过，尽管困难艰辛，但总是愿意讲一个笑话，让大家在魔戒之旅中精神振作。

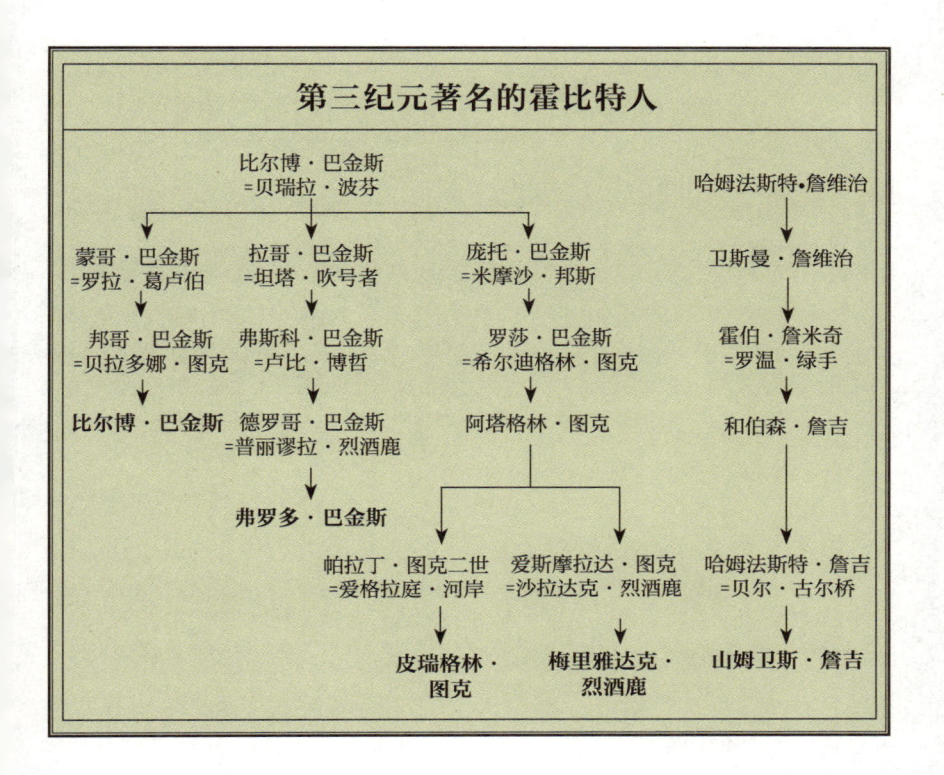

第三纪元著名的霍比特人

比尔博·巴金斯
=贝瑞拉·波芬

蒙哥·巴金斯
=罗拉·葛卢伯

邦哥·巴金斯
=贝拉多娜·图克

比尔博·巴金斯

拉哥·巴金斯
=坦塔·吹号者

弗斯科·巴金斯
=卢比·博哲

德罗哥·巴金斯
=普丽谬拉·烈酒鹿

弗罗多·巴金斯

庞托·巴金斯
=米摩沙·邦斯

罗莎·巴金斯
=希尔迪格林·图克

阿塔格林·图克

帕拉丁·图克二世
=爱格拉庭·河岸

皮瑞格林·图克

爱斯摩拉达·图克
=沙拉达克·烈酒鹿

梅里雅达克·烈酒鹿

哈姆法斯特·詹维治

卫斯曼·詹维治

霍伯·詹米奇
=罗温·绿手

和伯森·詹吉

哈姆法斯特·詹吉
=贝尔·古尔桥

山姆卫斯·詹吉

弗罗多和山姆在死亡沼泽

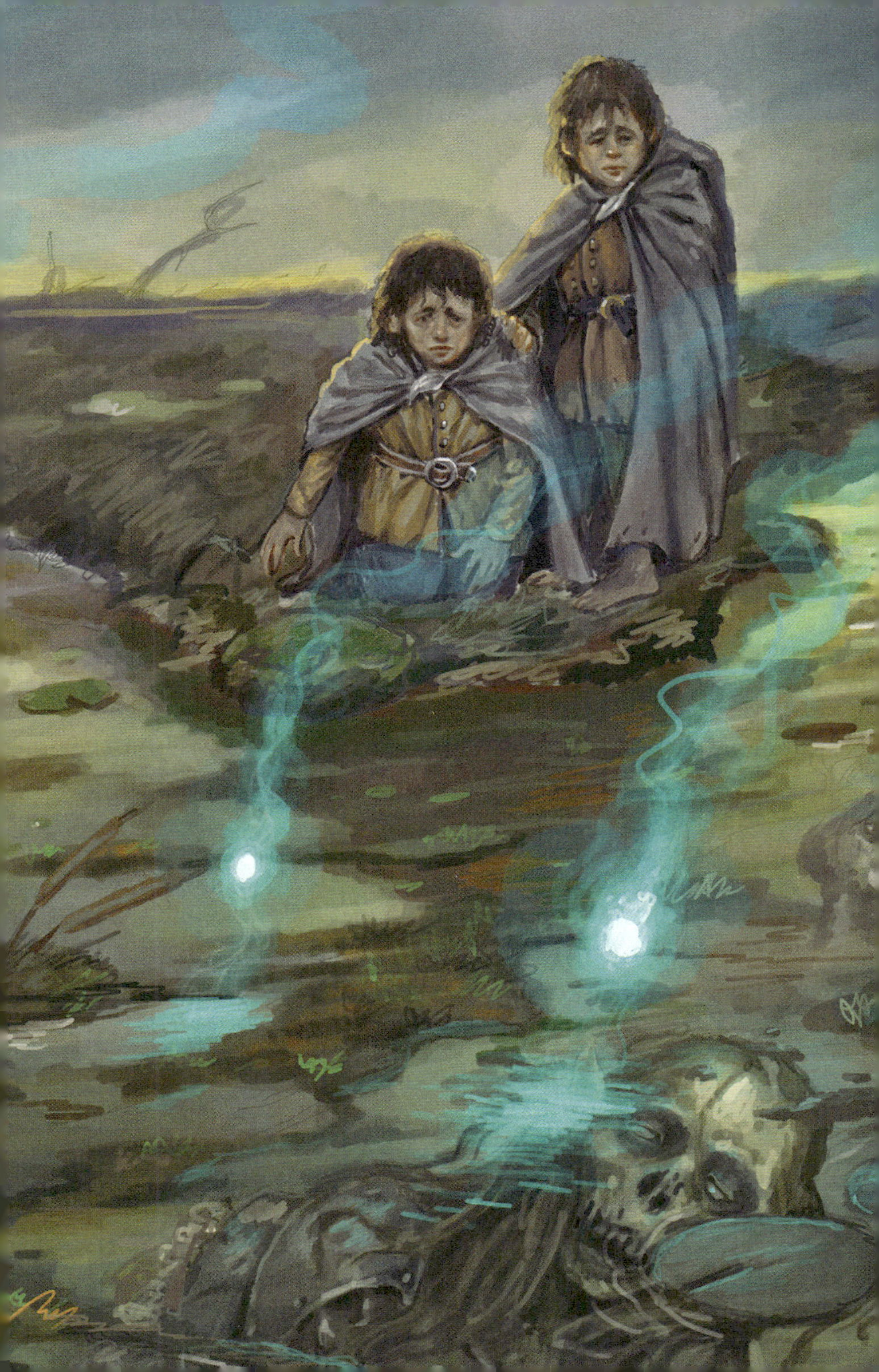

灰袍甘道夫

甘道夫在《指环王》开篇出场时,形象有趣而又让人安心,就像一个古怪且住得远的叔叔,在家庭聚会上用迷人的烟火表演和业余魔术师的戏法来取悦众人。甘道夫后来变成了一个严肃而令人敬畏的人物,这让读者有些惊讶。在这个充满史诗和浪漫的世界里,他的人格力量和使命感增加了十倍,因为他扮演了一个梅林传统中典型的强大巫师。

在《精灵宝钻》和《未完成的故事》中,灰袍甘道夫是一个古老的巫师家族——伊斯塔尔(Istari)的成员("伊斯塔尔"的意思是"巫师","巫师"的意思是"智者")。伊斯塔尔是一个兄弟会,在第三世纪的第一个千年结束时到达中土世界的西部海岸,他们是天使的灵魂迈雅,由曼威以肉体形式派遣来助力对抗索伦。

在《指环王》中,甘道夫的过往仅仅由树须间接提及过一次,他提到甘道夫和萨鲁曼"在巨轮漂洋过海之后"到达中土世界。这种说法令人困惑,因为树人很可能指的是努曼诺尔人的船只,他们的家园在第二世纪末期之前很久就被摧毁了。

阿门洲的伊斯塔尔，中土巫师					
	阿门洲的名字	迈雅	精灵的称呼	其他称呼	
白袍萨鲁曼	库茹莫（"狡猾的人"）	奥力	库茹尼尔（"巧能之人"）	多彩萨鲁曼	萨基（"老人"）
灰袍甘道夫（后成为白袍）	欧洛因（"梦视"）	曼威	米斯兰迪尔（"灰袍圣徒"）	塔尔孔（"持杖人"）（矮人称呼）	因卡诺斯（"北方间谍"）（哈拉德人称呼）
褐袍瑞达加斯特	爱文迪尔（"鸟类朋友"）	雅凡娜	瑞达加斯特（"野兽看护者"）	瑞达加斯特（"鸟驯养员"）	瑞达加斯特（"简单头脑"）
蓝袍巫师	阿拉塔（"后来者"）帕兰多（"遥远来客"）	欧罗米	埃斯林·鲁因（"蓝袍巫师"）	摩列达（"铲除黑暗者"）罗密斯达奴（"东方救星"）	

以巫师之名

甘道夫最初的名字是"Gandalfr"，出现在古老的冰岛的"德维塔尔"（矮人之卷）中。古代北欧的"Gandalfr"元素要么是"gand"和"alfr"，要么是"gandr"和"alf"。两者的最后一个元素"alf/alfr"表示"精灵(elf)"或"白色(white)"。如果第一个元素是"gand"，就意味着神奇的力量；元素"gandr"则是巫师使用的物品，比如被施了魔法的杖。

至于甘道夫这个名字的直译，有三个较为合理的建议："精灵巫师""白杖"和"白巫师"。对于巫师而言，以上三种翻译皆合适。

然而，托尔金可能会争辩说，这个巫师的翻译每方面都蕴藏着其他定义。这些隐藏的暗示在塑造角色的命运中作用非凡。

"精灵巫师"一词的翻译非常贴切，因为甘道夫是与中土世界和海外仙境的精灵联系最紧密的巫师。"白杖"则较为恰当，因为魔杖是巫师的主要标志，象征着古代权杖（sceptre）的伪装（"skeptron"是希腊语中"杖"的意思）。一开始，甘道夫被翻译成"白巫师"，显得较为奇怪，因为其灰精灵名字是"米斯兰迪尔"（Mithrandir），意思是"灰色流浪者"——灰巫师的恰当名字。然而，这种意义上的冲突似乎预示着灰袍甘道夫将变形为白袍甘道夫。

白袍甘道夫

梅林和甘道夫

在亚瑟王传奇中,梅林是最伟大的巫师,是未来国王的导师、顾问和首席战略家,无论是在和平时期还是在战争时期。他在卡美洛负责主持情报并规划原则,是卡美洛的超自然保护者。梅林是永生的,但他有凡人的情感和同情心。他是一个巫师,与森林、山脉和湖泊的精灵交流,并在与其他巫师和女巫的决斗中证明过自己的能力。

甘道夫在莫瑞亚与炎魔战斗

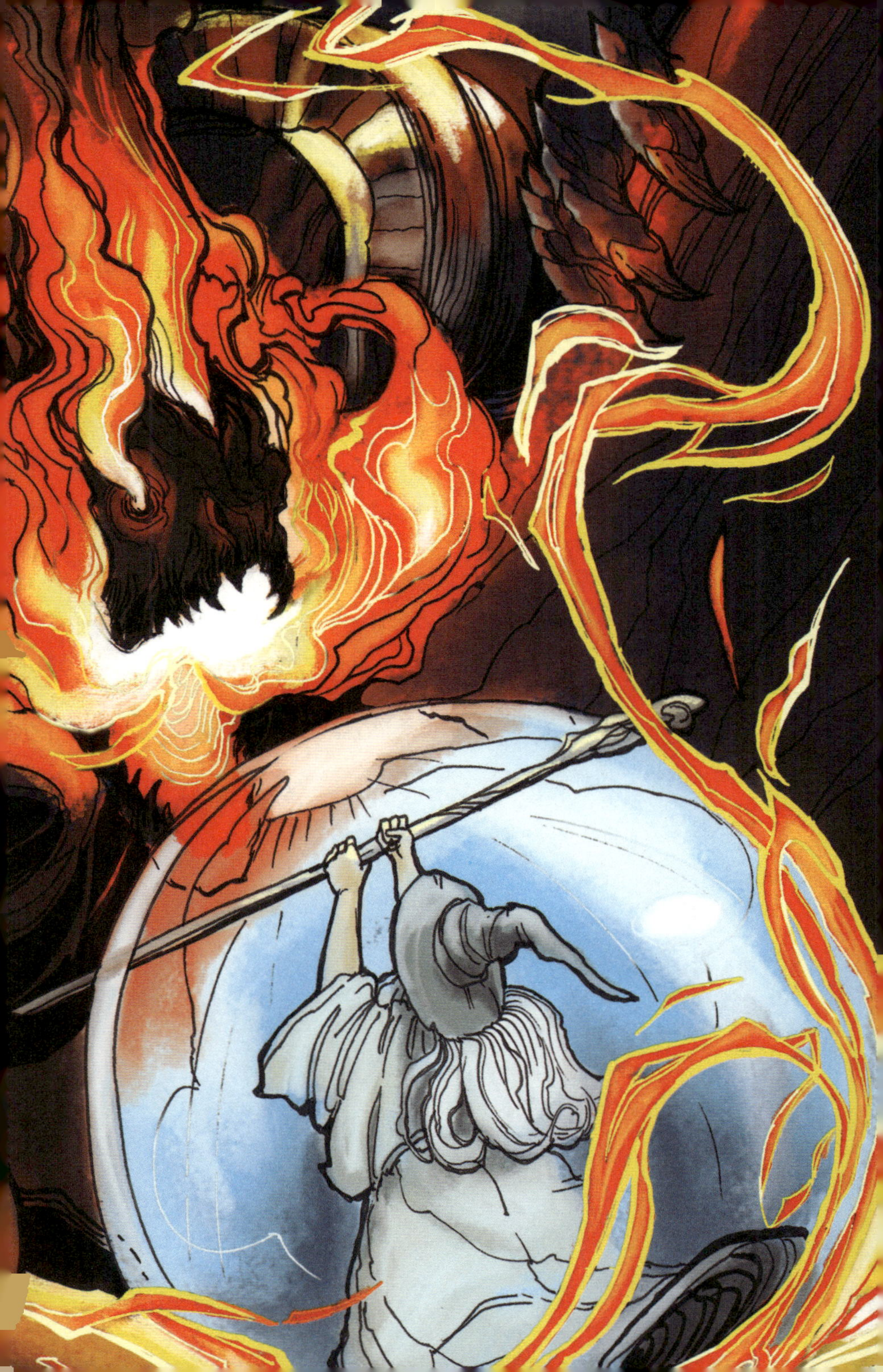

托尔金的英雄

梅林与甘道夫的相似之处显而易见。梅林和甘道夫都是学识渊博的旅行者，留着长长的白胡子；他们都拿着一根杖子，戴着宽边帽，穿着长袍；他们都是非人类。梅林是亚瑟王的首席顾问，亚瑟王是统一的英国的未来的国王，梅林在他的卡美洛的宫廷里工作。甘道夫是阿拉贡二世的导师，阿拉贡二世是统一的登丹重联王国的未来的国王。然而，他们尽管与权力关系密切，却对世俗权力本身毫无兴趣。

尽管在异教传奇、中世纪传说和现代幻想中，英雄和巫师的原型人物明显相似，但他们所处的环境却截然不同。基督教亚瑟王传奇的道德世界确实与北欧神话，以及奥丁和齐格鲁德的故事相差甚远。奇怪的是，尽管托尔金的世界是一个非宗教的、前宗教的世界，其英雄阿拉贡却对绝对的善恶判定严明。阿拉贡可能是一个异教英雄，但他比信奉基督教的亚瑟王更正直、更具道德感。

英雄阿拉贡

在布里镇的一家酒馆里,持戒者弗罗多首次遇到了神行客阿拉贡。阿拉贡渐渐揭开其神秘的面纱——他是自己时代最理想的战士国王。在六千多年前的中土史册上,他是中土史上王朝的核心人物。

托尔金以阿拉贡为原型,塑造了一个神话时代的理想英雄,并以此表达和定义了文化人类学家约瑟夫·坎贝尔所谓的"千面英雄"。在1949年出版的同名著作中,坎贝尔提出了一个理论,即所有神话都可以被理解为一个普遍神话循环的一部分,他称之为"单一神话"。

神话是一个伟大的故事循环,讲述了主人公一生中的每一个阶段:从出生到死亡,然后再一次复活和重生。归根结底,所有的英雄都是一个英雄,所有的神话都是一个神话。永恒的循环或环形就像一条蛇吞下了自己的尾巴/故事——衔尾蛇。

当然,托尔金在坎贝尔发表他的单一神话理论之前就创造了阿拉贡,但托尔金有自己的理论。阿拉贡之所以与坎贝尔笔下的宇宙英雄相似,是因为两位作者都认为神话的维度是一个永恒的神圣领域,是理想的实体和原型。这也是为什么——托尔金暗示——中土

托尔金的英雄

世界的许多英雄的生活可以与他所称的"原始世界"的英雄相提并论，也是为什么神话和童话中的英雄与中土世界"神话时代"的原型英雄有相似之处。

北方王国的首领阿拉贡二世尤其如此，他被选为中土世界的救赎英雄和解放者，拥有很多名字：阿拉贡、埃斯特尔（希望）、神行客、泰尔康塔、长腿汉、索隆吉尔、精灵宝石、伊塞德的继承人，最后是刚铎和亚尔诺重联王国的至高国王埃莱萨。阿拉贡的寿命是普通人的三倍，他是一个有时间和野心的英雄，在坎贝尔的单一神话中，他几乎经历了每一个阶段。

国王阿拉贡二世

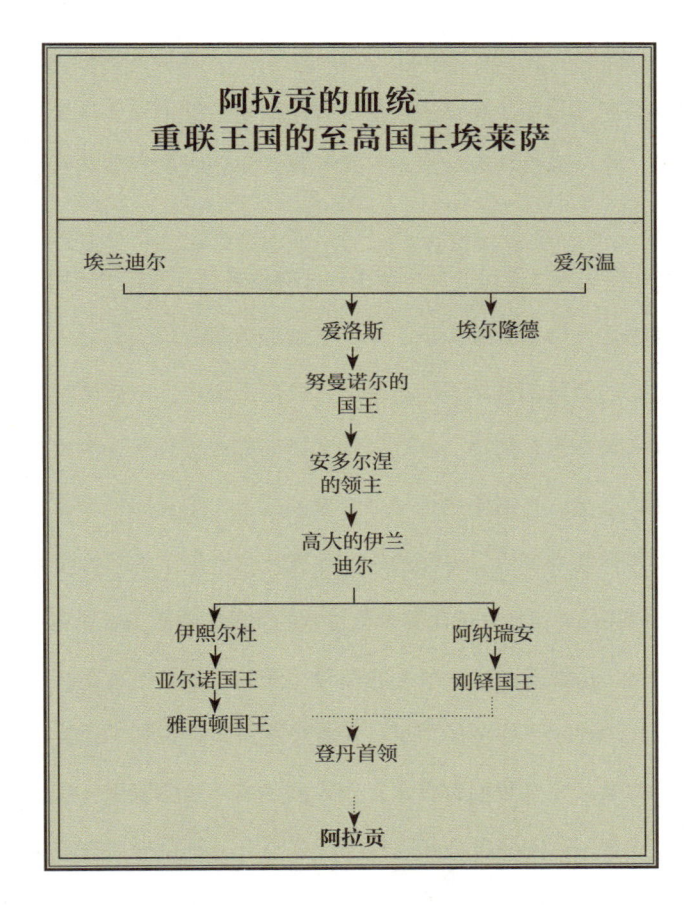

```
         阿拉贡的血统——
     重联王国的至高国王埃莱萨

  埃兰迪尔                           爱尔温
      └──┬──┐               ┌──┬──┘
         ▼  ▼               ▼  ▼
          爱洛斯            埃尔隆德
            │
         努曼诺尔的
           国王
            │
         安多尔涅
          的领主
            │
         高大的伊兰
           迪尔
         ┌──┴────────────┐
         ▼               ▼
       伊熙尔杜          阿纳瑞安
         │               │
       亚尔诺国王       刚铎国王
         │               ┊
       雅西顿国王         ┊
         │⋯⋯⋯⋯⋯⋯⋯⋯⋯⋯⋯⋯⋯┘
         ▼
       登丹首领
         ┊
         ▼
       阿拉贡
```

阿拉贡、亚瑟和齐格鲁德

《指环王》的英文读者经常会注意到传说中的亚瑟王和阿拉贡之间的联系。然而,通常不太明显的是,12~14世纪的亚瑟王传奇故

托尔金的英雄

事往往是基于5世纪的日耳曼-哥特口头史诗，这些史诗现在只存在于北欧和冰岛后裔的神话中。托尔金对故事中的早期日耳曼元素更感兴趣，这些故事将阿拉贡与日耳曼指环传说中的原型英雄沃尔松联系在一起。

虽然所有三位英勇的武士国王——齐格鲁德、亚瑟、阿拉贡——都非常相似，但在异教传奇、中世纪浪漫故事和现代幻想中，他们各自所处的背景却截然不同。中世纪亚瑟王和他的卡美洛宫廷的诞生，连同其基督教精神，自然导致了早期异教传统中许多更为激烈的方面的重塑。齐格鲁德是一个野蛮的战士，与亚瑟彬彬有礼的圆桌会议显得格格不入。奇怪的是，尽管托尔金笔下的阿拉贡本质上是个异教英雄，但他往往比信奉基督教的亚瑟王更正直、更有道德。

然而，尽管有这些背景上的差异，亚瑟王、齐格鲁德和阿拉贡之间的比较显示出原型的力量，尤其是在决定传说和神话中的英雄的性格方面。如果我们看看这三个人的生活，就会发现一些相同的模式：亚瑟王、齐格鲁德和阿拉贡都是孤儿，都是战死疆场的国王的合法继承人；他们三者都被剥夺了继承的王国，处于被暗杀的危险之中；显然，他们都是王朝的最后一位继承人，如果他们被杀，其家族就会终结；他们都是在一个外国贵族的保护下秘密长大，这个贵族是他们的远房亲戚——亚瑟是在埃克特爵士的城堡里长大的，齐格鲁德是由国王亚尔普雷抚养长大，阿拉贡是在瑞文戴尔的埃尔隆德家族长大的。

　　三位英雄在成长的过程中——在童年和青年时期——都获得了力量和技能，标志着他们未来的伟大。他们都爱上了美丽的少女，但在结婚前必须克服几个看似完全不可能克服的障碍：亚瑟王与桂妮维亚、齐格鲁德和布伦希尔德、阿拉贡和阿尔温。最终，他们都克服了这些障碍，赢得了爱和王国。

埃尔隆德和魔戒远征队

　　就像比尔博·巴金斯在《霍比特人》中从半精灵埃尔隆德那里得到庇护和指导一样，托尔金也让其下一代——弗罗多·巴金斯——在另一项任务中来到瑞文戴尔寻求保护和良好的建议。这里不仅是精灵和人类的庇护所，还有一座巨大的精灵传说图书馆，托尔金在《霍比特人》中也承认，半精灵埃尔隆德大师本人就是六千年历史和传说的活生生的见证人。与童话故事和神话中的其他避难所一样，埃尔隆德的瑞文戴尔吸引了许多探索英雄。它的辛达林语名字伊姆拉崔便是最好的证明。

托尔金的英雄

伊姆拉崔的意思是"深裂谷",指其位于迷雾山脉山脚的一个隐蔽的岩石裂缝中,该想法在瑞文戴尔的西方通用语名字"Karningul"中重复出现,意思是"裂谷",当然,在"瑞文戴尔"本身中也是如此。辛达林语伊姆拉崔是精灵语中对海外仙境的卡拉奇瑞安(Calacirya,"光之谷的裂缝")的暗指,这是一座山脉,位于埃尔达玛和阿门洲(Valinor)天堂之间。

在古希腊,还有另一个神圣的"光之裂缝"。这是德尔斐神谕,建在帕纳苏斯山下的一条狭窄通道里,是太阳神阿波罗的圣地。德尔斐在希腊语中的意思是"分裂"。德尔斐神谕是阿波罗的圣光流经的"裂缝"。阿波罗之光就像维拉之树的光一样,既有字面意义,也有隐喻意义,因为太阳神阿波罗也是知识和预言之神。在阿波罗神庙的圣所,在圣山中隐藏着一岩石裂缝,从那里升起的雾气使人进入一种预言的恍惚状态。古代世界的国王和领主如果面临战争或远征等重大任务,就会去德尔斐请教神谕。

魔戒远征队在伊姆拉崔被打造绝非偶然。伊姆拉崔和德尔斐都是在任何伟大的冒险或战争战役之前人们前往寻求建议的地方。然而,在中土世界和古希腊,未来并非固定不变,而是由个人的勇气和意志决定的。德尔斐和伊姆拉崔都是团队建立和开始旅行的地方。

在《指环王》中,戒灵试图攻击瑞文戴尔/伊姆拉崔,但很快被布鲁南河的洪水击退。这可与波斯战争(公元前499—449年)期间德尔斐圣地遭受的历史性袭击相提并论。据希腊历史学家希罗多德记载，波斯国王薛西斯（公元前 486—465 年在位）在入侵希腊时，命令他的侍卫进军德尔斐未设防的圣所。在这一次尝试中，波斯部队被一连串的暴洪卷走，接着是大量的山崩阻塞了山口。这次试图侵犯德尔斐圣所的行为导致了一系列令人震惊的战争失败，对薛西斯来说，这场战争的结束几乎和索伦之战的结束一样是灾难性的。

下页，魔戒远征队到达瑞文戴尔

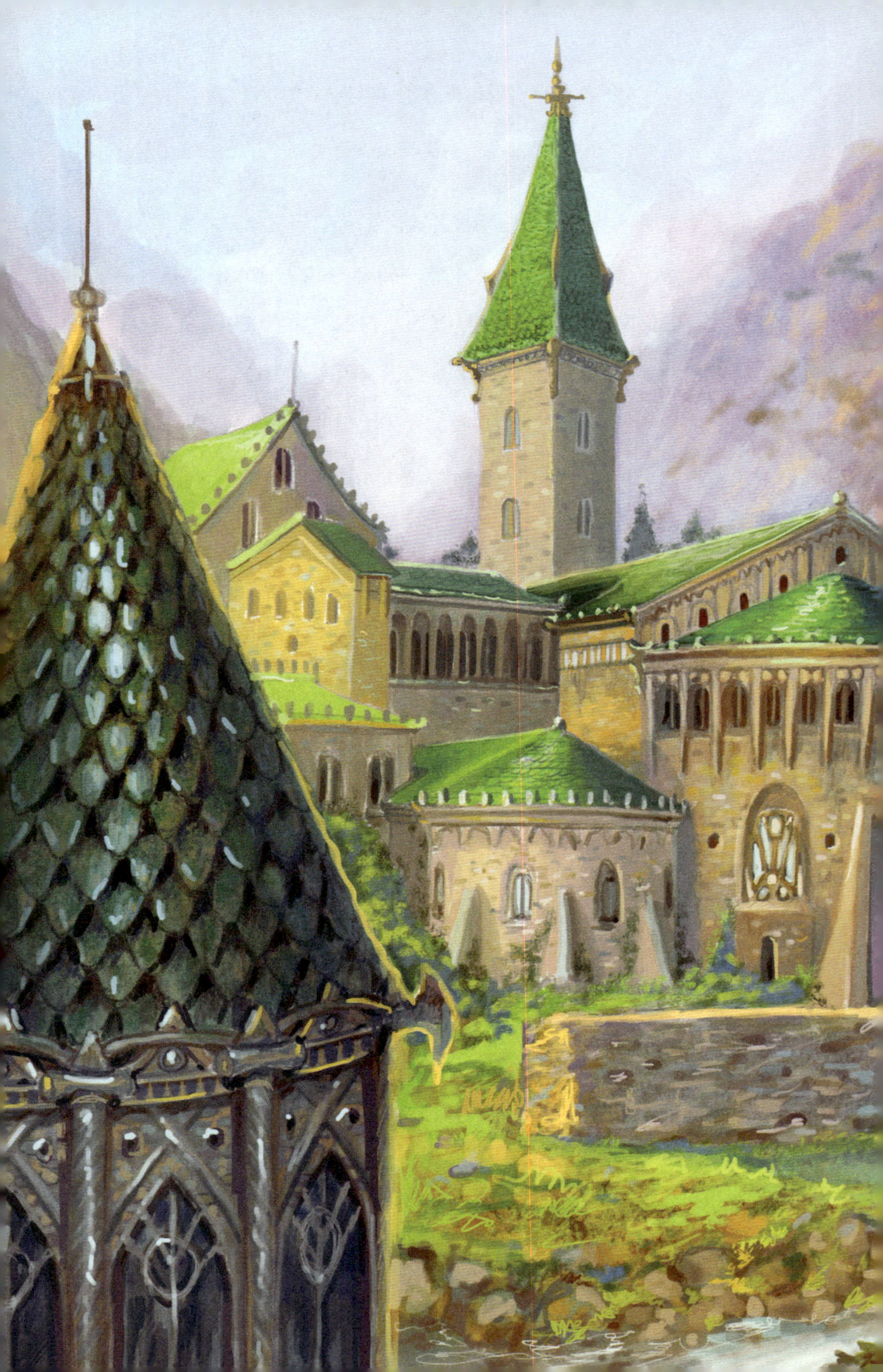

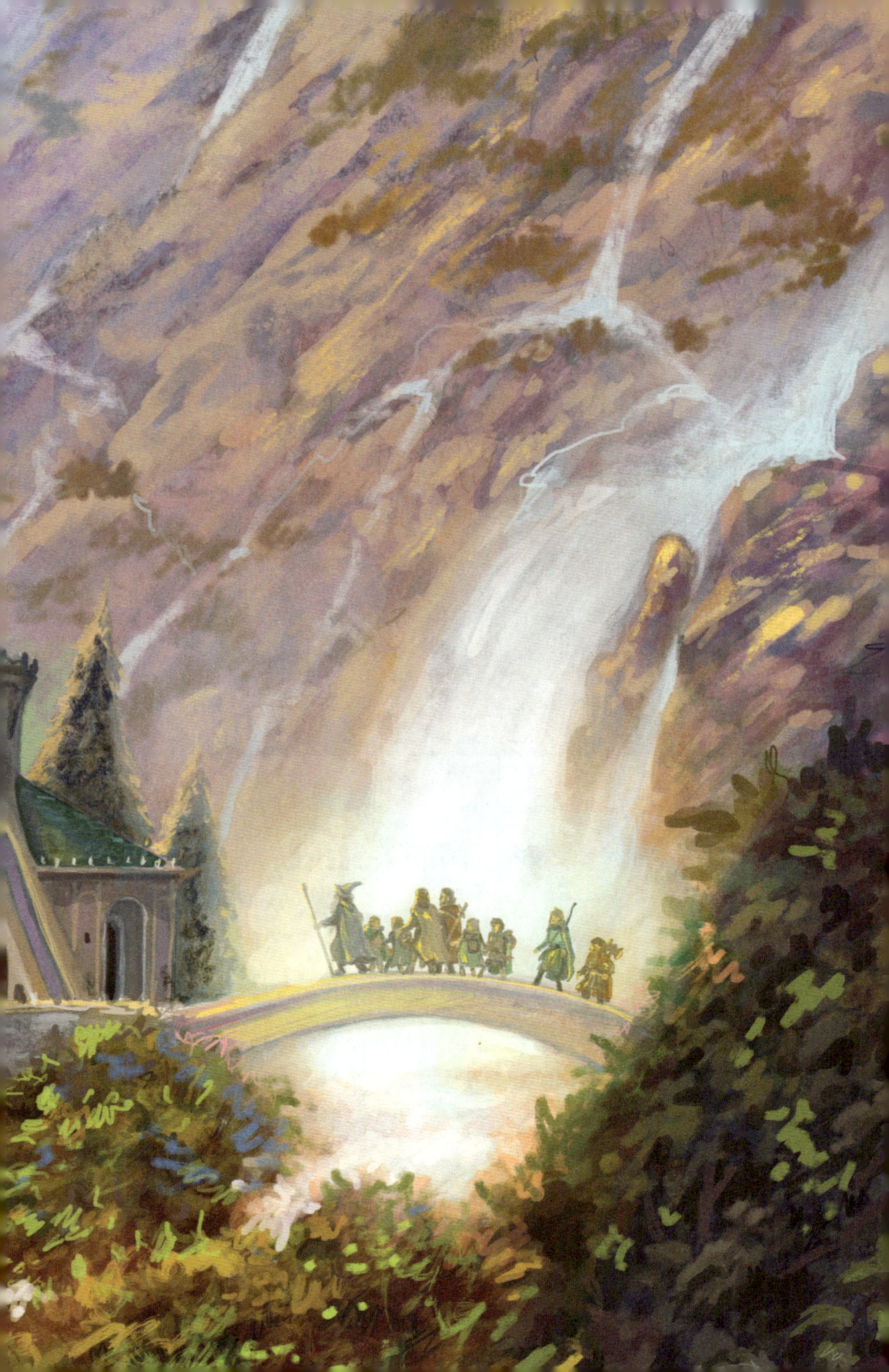

```
              弗罗多·巴金斯
                持戒者
                霍比特人
                                    登丹人阿拉贡
    灰袍甘道夫                          人类
      巫师

   刚铎人波罗莫                         山姆卫斯·詹吉
      人类         魔戒远征队            霍比特人


   莱戈拉斯·格林利夫                    格罗因之子吉姆利
       精灵                              矮人


       梅里雅达克·烈酒鹿      皮瑞格林·图克
            霍比特人            霍比特人
```

森林王国的莱戈拉斯

莱戈拉斯·格林利夫是魔戒远征队中精灵的唯一代表。莱格拉斯是《霍比特人》中出现的幽暗密林精灵国王的独子。在《指环王》中，托尔金透露了精灵国王的名字"瑟兰督伊"（Thranduil），意思是"充满活力的春天"，而"格林利夫"（绿叶）既是莱戈拉斯的绰号，也是他名字的意思。

第七部分 第三纪元的英雄:第三部分 霍比特人和登丹人

托尔金用盎格鲁－撒克逊人的名字"幽暗密林"(Mirkwood)来代替西方通用语对这片大森林的命名,是为了传达一种迷信的恐惧感,就像古代德国神话和格林兄弟童话中闹鬼的森林一样。在中土世界,这种对幽暗密林(实际上,一般来说是森林)的恐惧为矮人、半兽人和大多数种族所共有。然而,莱戈拉斯和所有的精灵——就像古老的凯尔特部落一样——对这片森林的看法却大不相同:从内往外看。凯尔特人,就像托尔金笔下的精灵一样,是树木的崇拜者,他们的大片森林被视为自然奇观。在他们的文学作品中,树木繁茂的山谷和峡谷被描绘成白天充满金色光芒,晚上布满月光和星光。在森林里有神奇的草药和营养丰富的食物。

森林为托尔金笔下的精灵和凯尔特

森林精灵

人提供了生活所需的一切材料——从制作衣服到建造房屋。

因此，托尔金的精灵们——又一次像古代凯尔特人一样——通常是在茂密的森林深处，在洞穴、水井或喷泉旁，崇敬树木和水的神灵，并找到他们的圣地和神谕。

吉姆利和莫瑞亚之门

在《霍比特人》中，进入矮人王国是通过埃瑞博山的一扇秘门。魔法门是童话中常见的主题，从"阿里巴巴"到"花衣魔笛手"，托尔金在《指环王》中重复了这一主题，当魔戒远征队到达矮人地下城市莫瑞亚（凯萨督姆）的西门时，门是密封的。但正如甘道夫告诉大家的那样，"这些门可能是由语言控制的"。

创造性地说，文字是托尔金所有中土王国的钥匙，他通过语言、符文、深奥的字迹和谜语探索并发现了中土王国。文字打开了托尔金想象的大门。在这种情况下，莫瑞亚的西门被打开，打开的方式是说出精灵语单词"mellon"，意思是"朋友"。这个进入莫瑞亚的密码，对于魔戒远征队中唯一的矮人成员来说，听起来一定有些讽

第七部分 第三纪元的英雄：第三部分 霍比特人和登丹人

刺意味。因为正是矮人的祖先国王都灵三世在第二纪元封印了黑魔王索伦的大门，而他的另一个直系祖先国王都灵四世在第三纪元被将矮人赶出莫瑞亚的黑魔王杀死。

国王都灵四世也是托尔金将神话和童话中的魔法戒指与他自己的权力环联系起来的方法。因为正是都灵四世得到了七枚矮人戒指中的第一个，这是他的王国的巨大财富的来源，拥有"产出黄金"的力量。七枚矮人戒指可能是以古代德国和北欧神话中的矮人和戒指作为灵感来源。在北欧的《沃尔松格传说》中，有一枚这样的魔法金戒指，被称为"安德华拉诺特"（Andvarinaut），意思是"矮人安德瓦利的戒指"，也被称为"安德瓦利的织布机"，因为其拥有"产出黄金"的力量，并且是尼伯龙根和沃尔松的被诅咒黄金的最终来源。

托尔金可能已经意识到，这些古老的戒指传说也是令人费解的童话故事《侏儒怪》的原型，它用纺车代替了矮人锻造的黄金戒指。

矮人吉姆利

凯兰崔尔：罗斯洛立安的女人

在古代威尔士神话中，森林中最迷人的精灵是白衣女子，她们几乎在所有方面都像凯兰崔尔。威尔士的白衣女子与星光精灵有着同样的紧密关系。她们所有人都喜欢在星光灿烂的天空下穿过森林。和托尔金笔下的精灵一样，人类也普遍认为她们的眼睛像星星一样，身体也会发光。这些古老的凯尔特森林和水仙女是神圣的喷泉、水井和石窟的守护者，隐藏在森林深处的山谷中。

要到达这些避难所，通常必须穿过或渡过水，就像过河进入罗斯洛立安一样，"像及时过桥"。白衣女子生活在时间之外的王国，常常住在水晶宫里，或藏在水里，或漂浮在空中，所有的宫殿都闪耀着银色和金色的光芒。

在《指环王》中，中土世界现存的最美丽、最神秘的精灵王国，隐藏在罗斯洛立安（Lothlórien，意为"梦想之花之地"），也被称为罗瑞恩（Lórien，意为"梦想之地"）和劳瑞林道里南（Laurelindórinan，意为"歌唱黄金之谷"）的魔法森林之中。虽然它似乎之前就存在，但在一定程度上，其继承人重建贝尔兰的森林王国多瑞亚斯，其中

第七部分 第三纪元的英雄:第三部分 霍比特人和登丹人

的一个领主阿玛蒂尔,成为第二纪元的国王。其第三纪元的统治者诺多公主凯兰崔尔和辛达领主塞利博恩,在许多方面都是典型的精灵女王和国王。"又高又漂亮,长着深金色的头发",凯兰崔尔身穿白色长袍,具有很强的预言能力。

凯兰崔尔与水的关系似乎是有意为之。拥有超自然天赋或武器的森林和水仙女的血统比有记载的历史还要古老。在希腊神话中,海仙女涅瑞伊得是阿喀琉斯的母亲,并在特洛伊战争中塑造了阿喀琉斯这位伟大的英雄。根据亚瑟王的传说,湖中的仙女薇薇安,身穿白色的衣服,从她的宫殿里浮出水面,把神剑和剑鞘献给了真正的国王。

凯兰崔尔之镜

薇薇安还养大了武士兰士诺,然后把他送入战场。这些超自然的人物为他们的门徒提供了庇护、灵感和力量,凯兰崔尔也具有这些特点,她掌管着一个充满梦想和欲望、幻象和幻想、天赋和祝福的王国。

阿尔温·暮星和白雪公主

托尔金的许多英雄故事被呈现为"真实神话"的历史,而在我们的世界里,这些"真实神话"已被简化为最基本、最明显的童话故事。他特别喜欢向他的读者展示童话故事的讲述者和作家是如何经常把他们的故事弄错的。

例如,在凯兰崔尔的罗斯洛立安,我们可以看到白雪公主故事中的所有元素:一个魔法森林、一个美丽的黑发公主(阿尔温)、女王的魔镜(凯兰崔尔)和白马王子(阿拉贡)。在罗斯洛立安,她向期待已久的情人吐露了真情(他们第一次在瑞文戴尔见面便坠入爱河)。不过,正如托尔金所言,童话版的《白雪公主》大错特错:凯兰崔尔女王是白雪公主的监护人和保护者(实际上是她的祖母),而非迫害她的人;魔法森林是一个避难所和疗伤的地方;魔镜是神

谕和许愿井的结合体。

半精灵公主，也被称为阿尔温·昂多米尔（意为"暮星"），与白雪公主类似，因为她们都是黑头发、皮肤白皙的美女。托尔金非常明确地将阿尔温与维拉的星宿之后瓦尔妲·埃兰帖瑞联系在一起。瓦尔妲也被称为法努伊洛斯，或"白雪公主"。托尔金还对这个童话做出了另一个明显的肯定，在关于刚铎的阿尔温和罗斯洛立安的凯兰崔尔谁更美丽的争论中，洛汗的伊奥梅尔和矮人吉姆利之间展开了激烈的争论。因此，托尔金暗示，一些讲童话的调皮捣蛋者可能会编造出一个故事，讲述嫉妒的女王问她的魔镜："谁是世界上最美丽的人？"

阿尔温·暮星

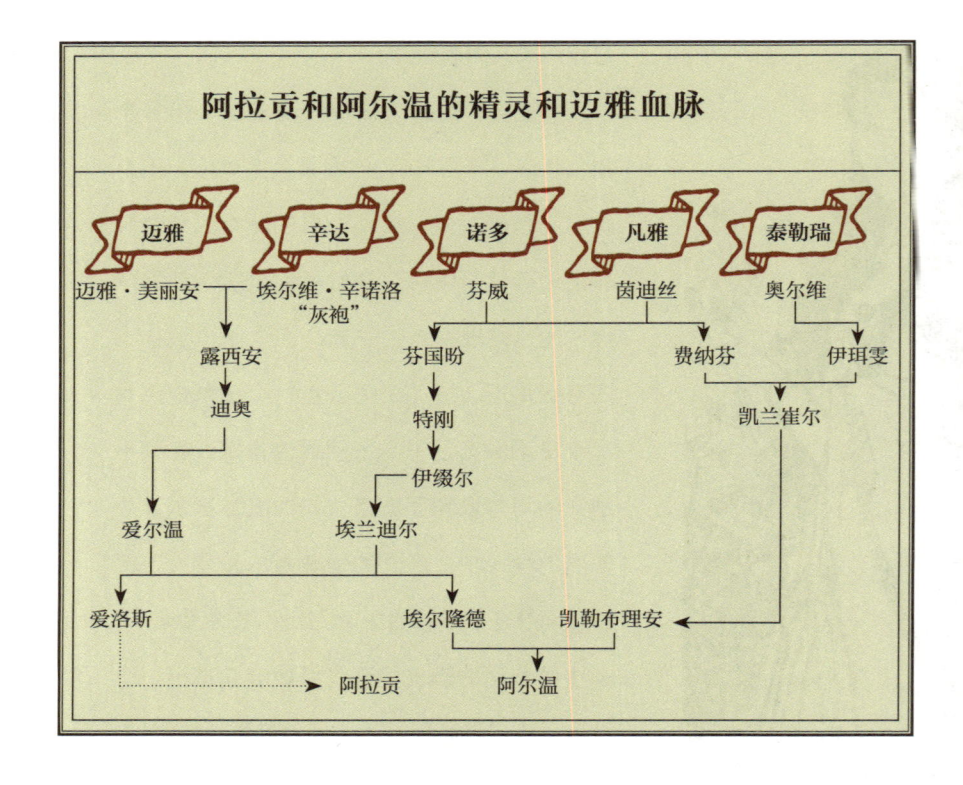

阿拉贡和阿尔温的精灵和迈雅血脉

迈雅	辛达	诺多	凡雅	泰勒瑞
迈雅·美丽安	埃尔维·辛诺洛"灰袍"	芬威	茵迪丝	奥尔维

- 迈雅·美丽安 → 露西安 → 迪奥 → 爱尔温 → 爱洛斯、埃尔隆德
- 埃尔维·辛诺洛"灰袍" → 露西安
- 芬威 → 芬国盼 → 特刚 → 伊缀尔 → 埃兰迪尔 → 埃尔隆德、凯勒布理安
- 茵迪丝 → 费纳芬
- 奥尔维 → 费纳芬、伊珥雯 → 凯兰崔尔 → 凯勒布理安
- 爱洛斯 ⇢ 阿拉贡
- 埃尔隆德 → 阿尔温
- 凯勒布理安 → 阿尔温

战士国王和祖先的剑

战士国王祖传宝剑的重要性是许多欧洲神话传说的主题。例如，亚瑟王以赢得石中之剑而闻名(有时被认为是神剑)。这一举动与《沃尔松格传说》中的竞争如出一辙。在《沃尔松格传说》中，齐格鲁

第七部分 第三纪元的英雄：第三部分 霍比特人和登丹人

德的父亲西格蒙德独自一人就能抽出巴鲁蒙格的剑，奥丁将这把剑刺进了沃尔松宫殿里活的"屋顶树"子嗣之柱上。

然而，无论是齐格鲁德本人，还是登丹人的阿拉贡，都没有面临过这样的挑战：他们都将自己的剑作为传家宝，但问题是这两把剑都坏了，除非经过重新锻造，否则谁也不能用宝剑来夺回自己的王国。在齐格鲁德的故事中，奥丁在他父亲西格蒙德的最后一场战斗中折断了剑，而阿拉贡在与索伦的最后一场战斗中被他的祖先伊兰迪尔折断了剑。就像齐格鲁德和阿拉贡的剑一样，亚瑟王的剑被认为是坚不可摧的；然而，在特殊情况下，这三把剑都被毁了。

一旦齐格鲁德重新铸造了他的胜利之剑（Gram），他立刻出发去收回他的遗产。他这样做是为父亲的死报仇，夺回他的王国。齐格鲁德通过征战，杀死了巨龙法夫纳，拿走了怪物的财宝和戒指。齐格鲁德赢得了他心爱的女武神布伦希尔德公主。在某种程度上，阿拉贡的生活反映了齐格鲁德的生活。阿拉贡的剑安都瑞尔一旦被重新铸造，他就出发去夺回他的遗产。他为他父亲的死复仇，通过征服夺回了他的王国，并在摧毁了一枚戒指后，赢得了他心爱的公主阿尔温·暮星。

阿拉贡之剑的性质，在某种程度上类似亚瑟王和沃尔松的传说。阿拉贡的剑最初被命名为"纳熙尔"，意思是"红白火焰"。

阿拉贡之剑是由铁尔查锻造，他是第一纪元最伟大的矮人铁匠。

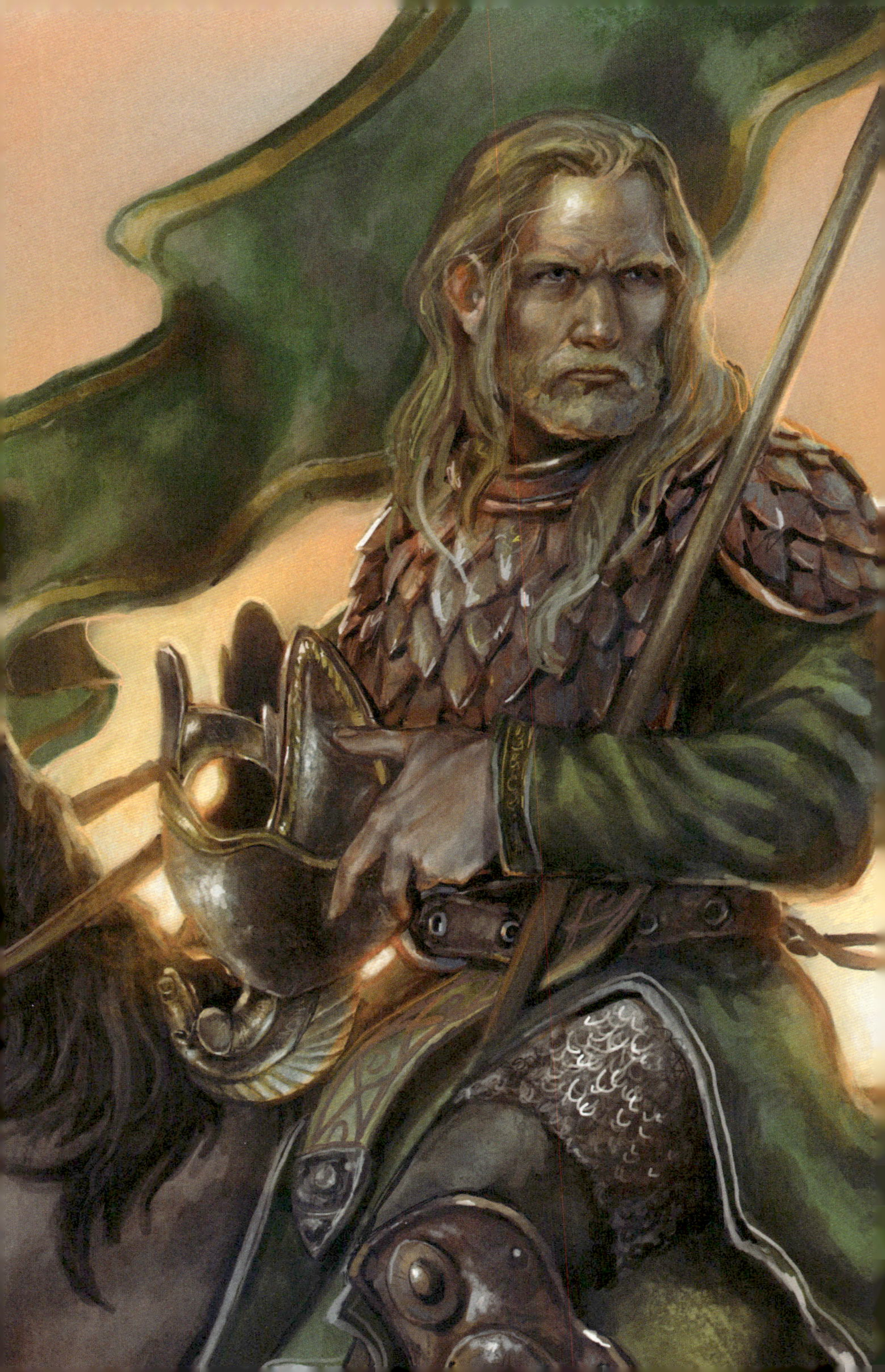

第七部分 第三纪元的英雄：第三部分 霍比特人和登丹人

纳熙尔在与魔戒之主索伦的战斗中被伊兰迪尔折断，并由凯勒布林博的精灵——第二个纪元最伟大的精灵铁匠——在瑞文戴尔重新锻造，后改名为"安都瑞尔"，意为"西方之火"，其剑锋在阳光下闪烁着红色的火焰，在月光下闪烁着白色的火焰。

在沃尔松的传说中，奥丁刺入子嗣之柱，然后被西格蒙德收走的那把剑，是由撒克逊人熟知的英雄"铁匠韦兰"在亚尔夫海姆锻造的。这把剑没有正式的名字，直到它被矮人般的铁匠雷金为齐格鲁德重新锻造，后来被命名为"胜利之剑"——其剑刃不仅因其坚不可摧而闻名，而且还因其边缘闪烁的蓝色火焰而闻名。

亚瑟王的故事与齐格鲁德和阿拉贡的不同之处在于，他的断剑没有被重新锻造。相反，亚瑟王得到了一把新的剑——埃克斯卡利伯——由湖中仙女薇薇安所赠。宝剑的另一个奇特之处是，有一个宝石般的剑鞘，不允许亚瑟受伤。亚瑟王的埃克斯卡利伯之剑也闪烁着生命的火焰，就像胜利之剑和安都瑞尔一样，可以穿透铁石，同时剑刃依旧锋利。

与此同时，在金色森林女王凯兰崔尔的故事中，我们看到了一个与亚瑟的恩人薇薇安相当的人物。正是阿尔温的守护祖母给了阿拉贡一件珠宝护甲，让安都瑞尔的剑刃永不褪色、永不破损。这是一把祖先的剑，他凭借此剑获得了王国，并赢得了阿尔温·暮星的芳心。

对页：洛汗国第三元帅伊奥梅尔

波罗莫和罗兰

托尔金对刚铎摄政王迪耐瑟二世的长子波罗莫英雄式死亡的描述,让人想起《罗兰之歌》。在 11 世纪某个时间点,这是最著名的中世纪的武功歌("英雄事迹的歌曲"),讲述了查理曼大帝的圣骑士罗兰最后在比利牛斯山脉的郎塞瓦尔峡谷遭到萨拉森人伏击,敌方人数占压倒性优势,罗兰勇敢地战斗,直到他的剑断了,被异教徒的部落打败。濒死之际,罗兰吹响他的号角,警告查理曼大帝,他的敌人近在咫尺。当查理曼大帝赶到时,萨拉森人逃跑了,罗兰在他死前说了最后几句话。

虽然规模较小,但这场战斗堪比刚铎最伟大的战士波罗莫在安都因河上拉莫斯瀑布上方悬崖的最后一战。波罗莫被一群半兽人和全副武装的强兽人伏击,吹响了刚铎之角。阿拉贡和查理曼一样,冲到战场,但为时已晚。

波罗莫在临终前说了最后几句话,承认自己曾试图强迫弗罗多把那枚魔戒交给他,他为此感到内疚。罗兰是一个理想的基督教英雄,而波罗莫有一个致命的缺点,他对权力的渴望使他几近疯狂。

波罗莫

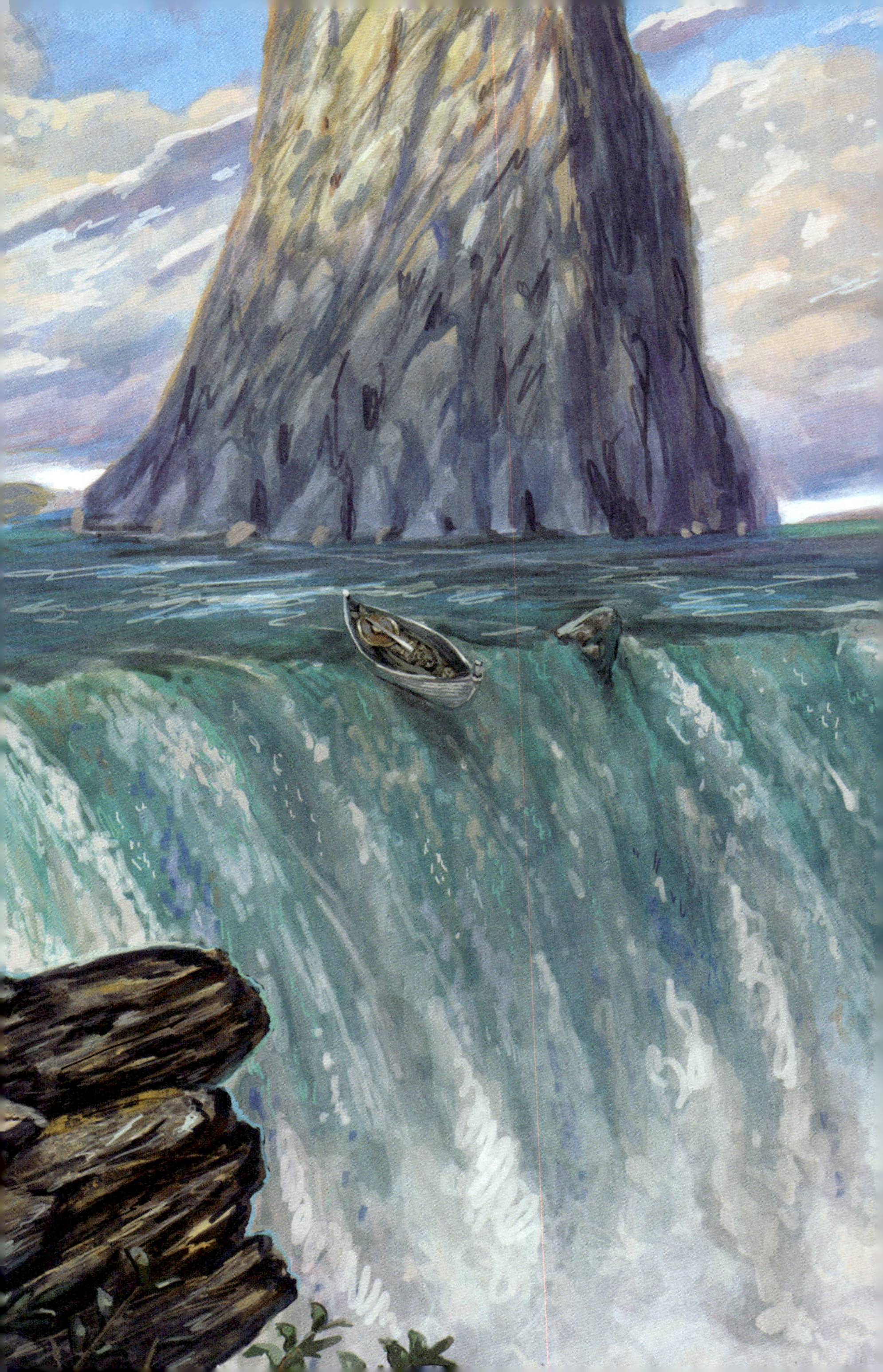

波罗莫的葬礼船经过拉莫斯瀑布

波罗莫从他的摄政王祖先猎人维龙迪尔那里继承了他那只有一千年历史的银尖巨号角。号角是由一种巨大的野生白牛的角制成，这种牛被称为"阿诺的母牛"，是仿照历史上的野牛（古德国人猎杀的现已灭绝的野生白牛，因其角而得名）。绝非巧合的是，阿诺是维拉的猎人欧罗米（意为"吹号者"）的另一个名字，后者无疑受到了威尔士神猎人阿隆的启发。

树须和树人

托尔金笔下最具独创性、最古怪的英雄人物中，有一位名叫"树须树人"的14英尺高的"树牧羊人"。树须，或者法贡（精灵语名字），就像是介于常青树和人之间的东西。树人（Ent）这个名字来自盎格鲁-撒克逊语中的单词"enta"，意思是"巨人"，而树人和他们更为野性的表亲霍恩人的形象则受到了托尔金对绿精灵的知识和传统的广泛了解的启发。《指环王》出版多年之后，托尔金在一次采访中承认，树须的古怪特性是专门为了调侃他的朋友和同事、《纳尼亚传奇》系列的作者C. S. 刘易斯（1898—1963）的。树须复制了他有活力的声音、他的荒谬的"Hrum, Hoom"感叹词,以及他无所不知的能力。但令人恼火的是,他确实什么都知道。

在另一个层面上——也是托尔金个人娱乐的一个层面——树人也意在温和地讽刺牛津大学的老师,尤其是那些顽固的语言学家(托尔金可能会把自己也算在内)。和那些学者一样,树人"对问题的讨论时间很长,但采取行动却很慢"。在牛津大学就像在法贡森林,事实证明没有必要采取行动,因为辩论往往比问题持续的时间长。

然而,用树人语进行讨论,对语文学生来说将是一场噩梦。树人的语言慢得让人无法忍受,因为每一个被命名的事物都必须包含整个事物的历史——树人可能会说"从叶子到根"。因此,树人聚会,或"Entmoots",连同他们的资格、补充、例外和每一点的口头脚注,对那些熟悉(就像托尔金一样)《牛津英语词典》编纂者的编辑会议的人来说,会有一种特别的体味。

下页:树须和树人

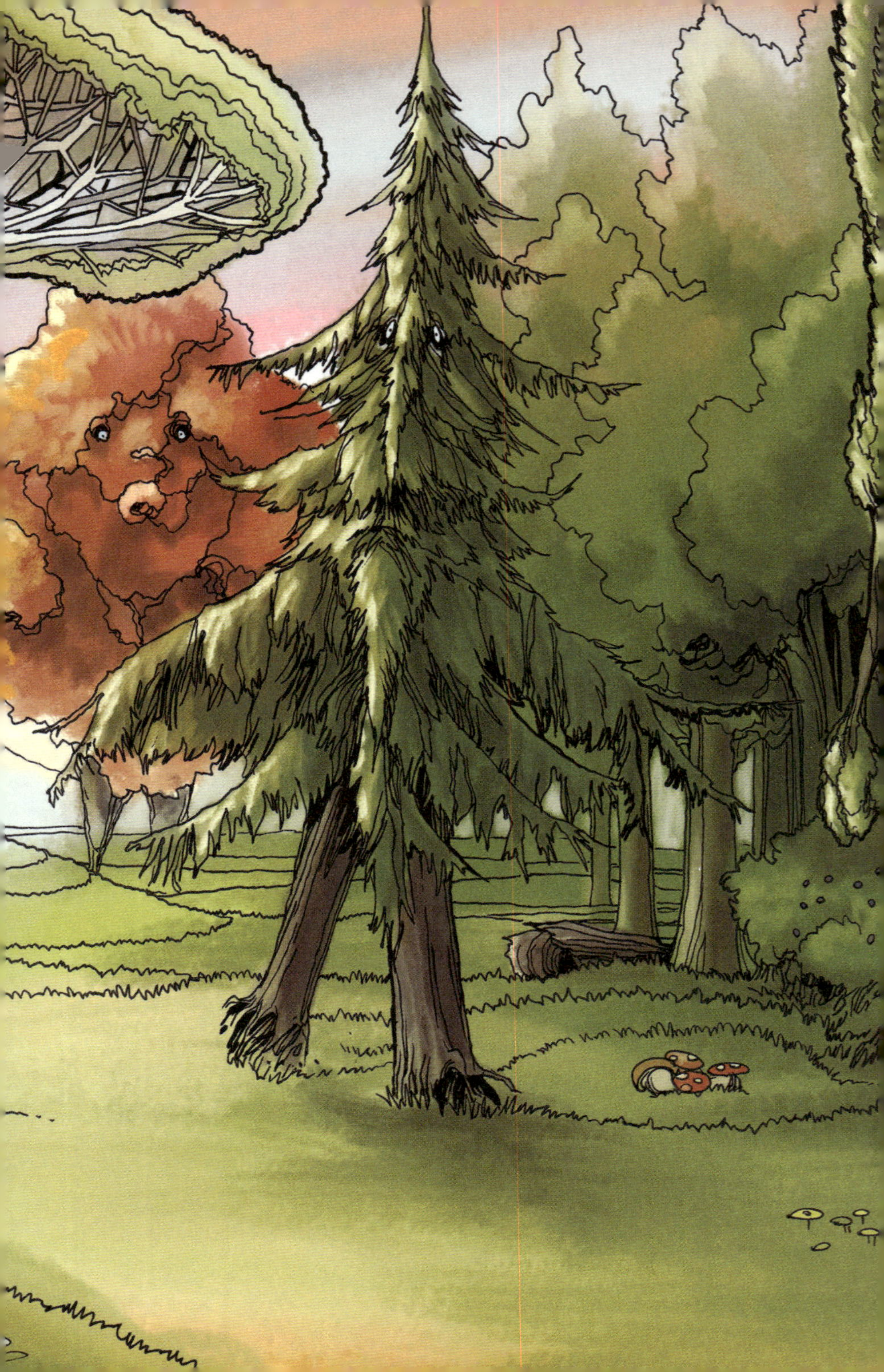

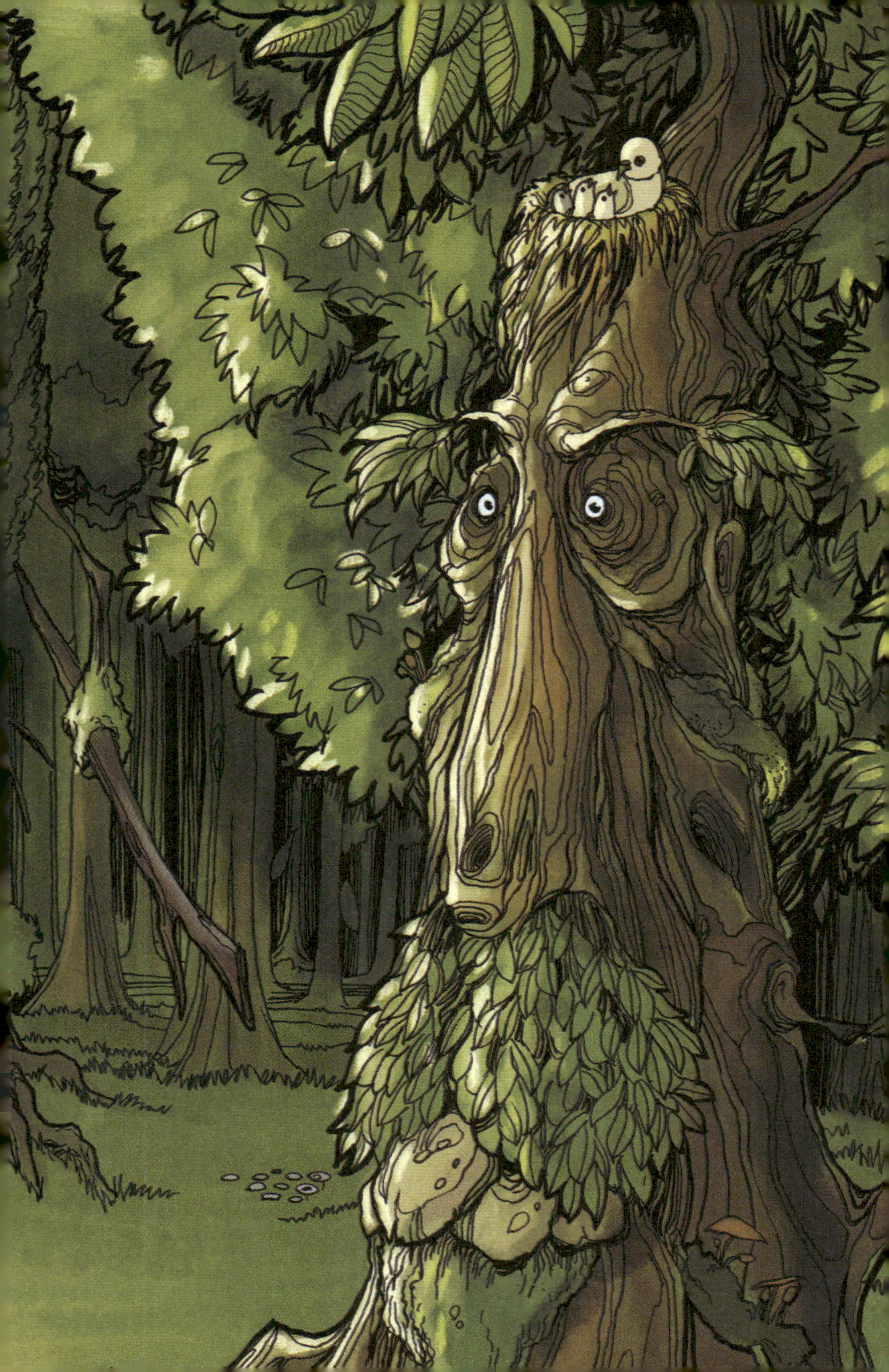

托尔金的英雄

梅利、皮聘和艾森加德的毁灭

正是霍比特人梅里雅达克(梅利)·烈酒鹿和皮瑞格林(皮聘)在法贡森林偶然遇到了树须树人,最终引发了对萨鲁曼要塞艾森加德的进攻,改变了魔戒战争的进程。霍比特人都来自贵族家庭:梅利是雄鹿地主人的继承人,皮聘是夏尔领主(军事领袖)的继承人。

托尔金给霍比特人取了这两个名字,既预示了他们的性格,也预示了他们作为勇敢(如果身材矮小的话)的骑士和魔戒远征队成员所扮演的角色。梅里雅达克是一个真正的古老凯尔特名字,由历史上的布列塔尼凯尔特王国的创始人,以及亚瑟王宫廷的一名骑士所起。皮瑞格林的昵称是查理曼大帝之父、加洛林王朝创始人矮人皮聘(德语为"Pippin")的名字。

由于他参与了杀死安格玛巫王的行动,梅里雅达克·烈酒鹿被称为"美丽的梅里雅达克"。然而,托尔金告诉我们,梅里雅达克和梅利这两个名字是最初的霍比特语"Kalimac"和"Kali"的翻译,意思是"快乐"。"Merry"是"Mercy"一词的变体,其词源于古英语"myrige",意为"令人愉快的"。然而,有一个奇怪和有点滑稽的转折，它最终似乎起源于原日耳曼语的"murgjaz"，意思是"短"。

皮瑞格林·图克（最终成为皮瑞格林一世、夏尔地区第32位领主）的名字来源于拉丁语"pelegrinus"，意为"外国的"或"国外的"，与古法语"pelegrin"（意为"流浪者"）、中世纪英语"peleguin"（意为"旅行者"）和现代英语"pilgrim"（意为"远游者"）有关。这似乎是魔戒之旅的合适名字。而且，更奇怪的巧合是，皮瑞格林的古法语名字——一种小型猎鹰——是"hobet"（盎格鲁－撒克逊语：业余爱好）。

梅里雅达克·烈酒鹿和皮瑞格林·图克

甘道夫：白骑士

正如我们所看到的，甘道夫这个名字的一种翻译方法是作为一个古斯堪的纳维亚语结构，意思是"白巫师"，这个名字似乎不适合"灰色流浪者"米斯兰迪尔。然而，正如我们逐渐认识到的，名字的隐含意义往往预示着托尔金笔下人物的命运。

有人可能会把甘道夫的名字和萨鲁曼的名字相提并论，萨鲁曼是最初的白巫师。萨鲁曼名字的另一种翻译是一个古英语结构，意思是"痛苦的人"——合理预测萨鲁曼变形为艾森加德的邪恶巫师。这与灰袍甘道夫变成白袍甘道夫的形象正好相反。托尔金又一次扮演了一个魔术师的角色，他让我们用语言来表演魔术师的把戏：一个小小的语言操纵，白变黑，灰变白。

托尔金似乎是受到了启发，想把甘道夫名字里的第一个元素翻译成另外两种译法："gandr"是"魔法水晶"，"gand"是"星际旅行"。值得注意的是，我们发现萨鲁曼的堕落是由于他滥用了一种被称为"真知晶球"的魔法水晶，而甘道夫的救赎则是通过一种"星际旅行"的形式实现的，这种"星际旅行"允许他在与炎魔从莫瑞亚桥上坠落后复活。

作为白袍甘道夫,巫师没有解释他的复活。他只是说:"我走神了,没有思考,超脱了时间。"这可能是对"星际旅行"最好的定义,也可能是对我们现在所知道的神秘事物"甘德的力量"最好的定义。

在这方面,甘道夫堪比北欧的奥丁神。奥丁以萨满教巫师的形式,穿梭于人类世界和灵魂世界之间,甚至进入了死亡之地。当然,托尔金在给甘道夫的马取名"暗影传真"(Shadowfax)时,就想到了这一点,意思是"银灰色"。这与《沃尔松格传说》中奥丁的英雄齐格鲁德的银灰色骏马格拉尼(Grani)相当。和暗影传真一样,格拉尼也能听懂人类的语言。此外,暗影传真是超自然的马纳哈(Nahar)的后代,那是维拉猎人欧罗米的坐骑;而格拉尼是超自然的八足马斯雷普尼尔(Sleipnir)的后代,奥丁骑着它穿越了九个世界。

下页:山姆卫斯伤尸罗

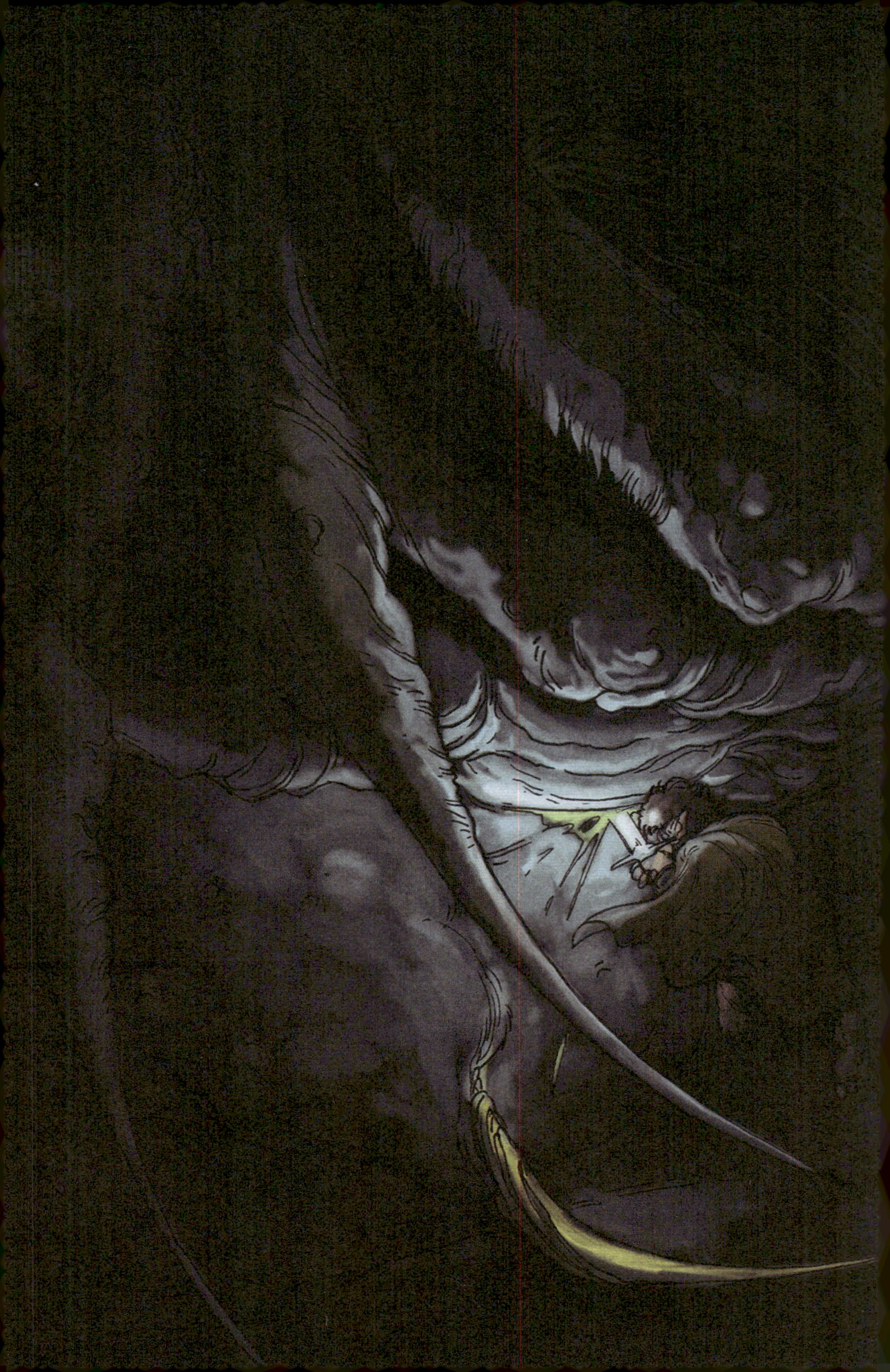

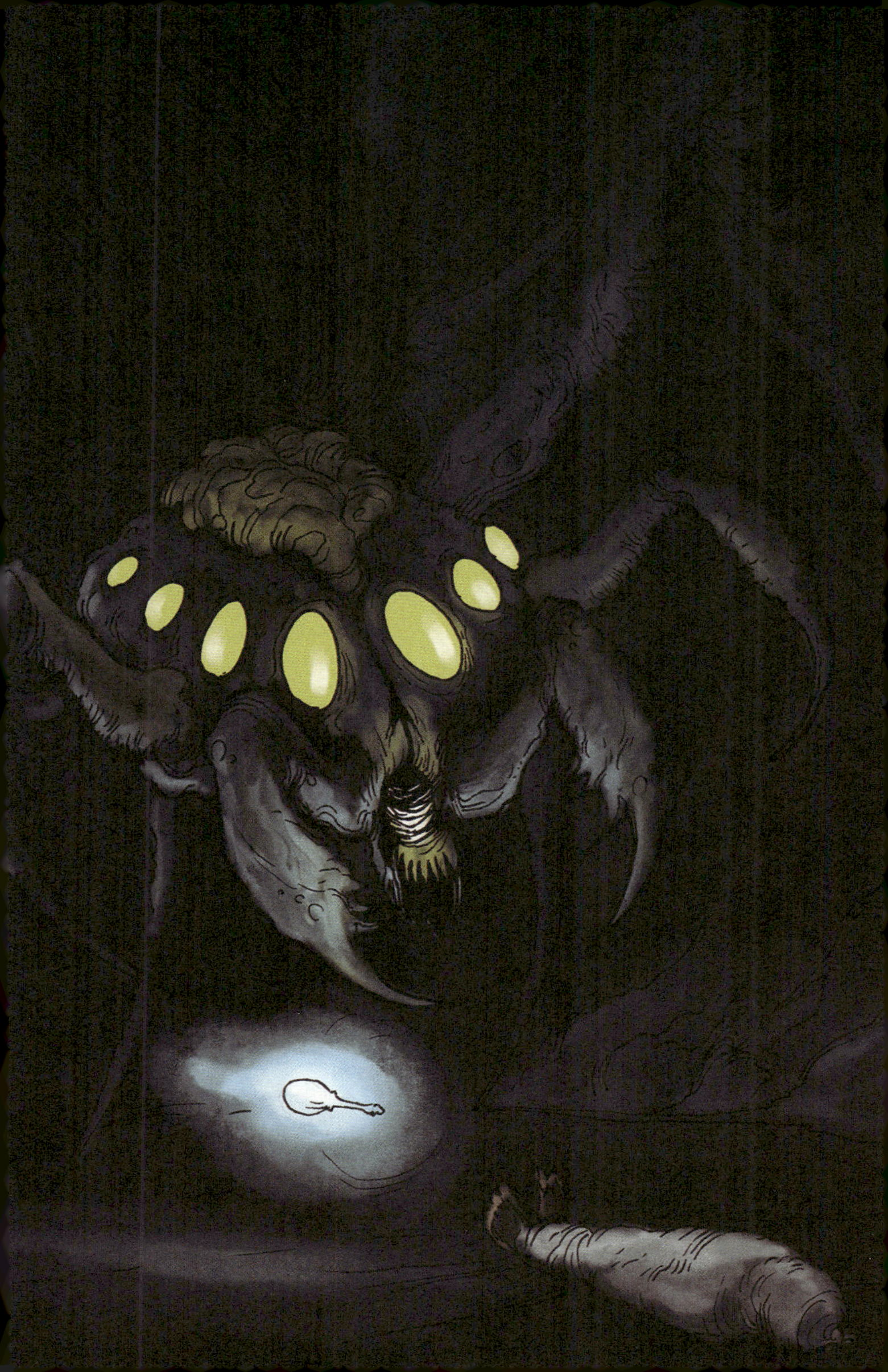

山姆卫斯和大尸罗

在 1956 年的一封私人信件中，托尔金写道，他对虚构人物山姆卫斯·詹吉的刻画，很大程度上源自他在第一次世界大战中担任信号官的经历。"我的山姆卫斯确实……很大程度上是借鉴了英国士兵——嫁接到早期的乡村男孩身上，我在 1914 年战争中认识的士兵和传令兵的记忆。"

传令兵是士兵，本质上是军官的仆人。第一次世界大战期间，英国军官来自中上层阶级，或者像托尔金一样，是受过大学教育的人；而工人阶级则被招募为士兵，只能升到中士的军衔。山姆卫斯是一个卑微的、没有受过教育的园丁，也是袋底洞主人的雇员。

弗罗多和山姆卫斯之间的关系就像爱德华时代的主人和仆人。尽管托尔金对当时的阶级结构和风俗并非不加批判，但他本人就几乎是爱德华七世时期的人物，他相信，在这些角色中，相互尊重和忠诚的纽带是可能存在的，而且是一种崇高的境界。

《托尔金与伟大战役》(Tolkien and the Great War) 的作者约翰·加思观察到，随着任务的进展，这种主仆关系很大程度上颠倒了，"(弗罗多）提出问题，山姆来解决"。他补充说，在第一次世界大战中，"这个过程远非特例"。这是托尔金观察到并认识到的一种观点：他承认，他的传令兵经常被证明"比我高明得多"。

在寻找魔戒的整个过程中，山姆卫斯最勇敢的行为之一，就是在魔多的埃弗勒杜阿斯山脉中，英勇保护他的主人，使其免受恐怖大蜘蛛尸罗的袭击。当然，如果没有山姆卫斯·詹吉那凶猛且斩钉截铁的忠诚，受伤而虚弱的弗罗多·巴金斯是不可能越过魔多的无人区，到达末日火山的。

金殿之王

当甘道夫骑马前往洛汗王国的伊都拉斯时，托尔金描述了遥远的景象：梅杜瑟尔德金殿的金色屋顶在阳光下闪闪发光。梅杜瑟尔德这个名字是盎格鲁-撒克逊语"会议厅"（mead hall）的现代化版本。对宫殿的描述几乎与鹿厅的描述相同，鹿厅是《贝奥武夫》中国王赫罗斯伽的金殿。当贝奥武夫走近赫罗斯伽王国时，诗人看到鹿厅的屋顶山墙被锤打过的金子覆盖着，在阳光下闪闪发光。

托尔金的英雄

梅杜瑟尔德金殿

    这两个宫殿都有更大的神圣模型。梅杜瑟尔德在阿门洲有一个神圣的模型在骑士欧罗米的宫殿里,而鹿厅有英烈祠的宫殿。这是"被杀害的英雄的宫殿",用金盾护顶,是奥丁在阿斯加德为他们创造的会议厅和阵亡战士的天堂。

    金殿之王名叫希优顿,是塞哲尔的儿子,洛汗第十七任国王。

第七部分 第三纪元的英雄：第三部分 霍比特人和登丹人

他的名字是盎格鲁-撒克逊语，意思是"领主"或"国王"，与古斯堪的纳维亚语有关，意思是"人民的领袖"或"国王"；在托尔金发明的洛汗语中，他的名字是"Tûrac"，意思是"国王"。

王权对中土世界很重要。对于所有的人民来说，君主制是自然的政治条件，国王不像普通人。这是英国思想中的一个古老传统，托尔金是一位彻底的保皇派。莎士比亚在《哈姆雷特》中写道："神性是如何保护国王的。"在托尔金的作品中，即使国王完全变坏了，就像巫王安格玛一样，他仍然保持着国王的品质和领导能力。

虽然国王可能会年老体衰，像希优顿一样，但他的王室天赋依然存在，正如托尔金在接下来的章节中所述，他可以摆脱虚弱，恢复力量和命令。顺便提一句，乔治·麦克唐纳的经典儿童奇幻小说《公主与柯迪》（The Princess and Curdie, 1883年）的读者会看到，老国王的故事在一定程度上借鉴了这个故事，因为他邪恶的仆人长期把他困在昏睡之中。因此，在甘道夫的帮助下，老国王的力量复活了，他又一次变成了"重生希优顿"（Tûrac Ednew/ Théoden the Renewed），也就是伊欧西欧德的领主，即"马人"。

下页：希优顿国王带领洛汗人投入战斗

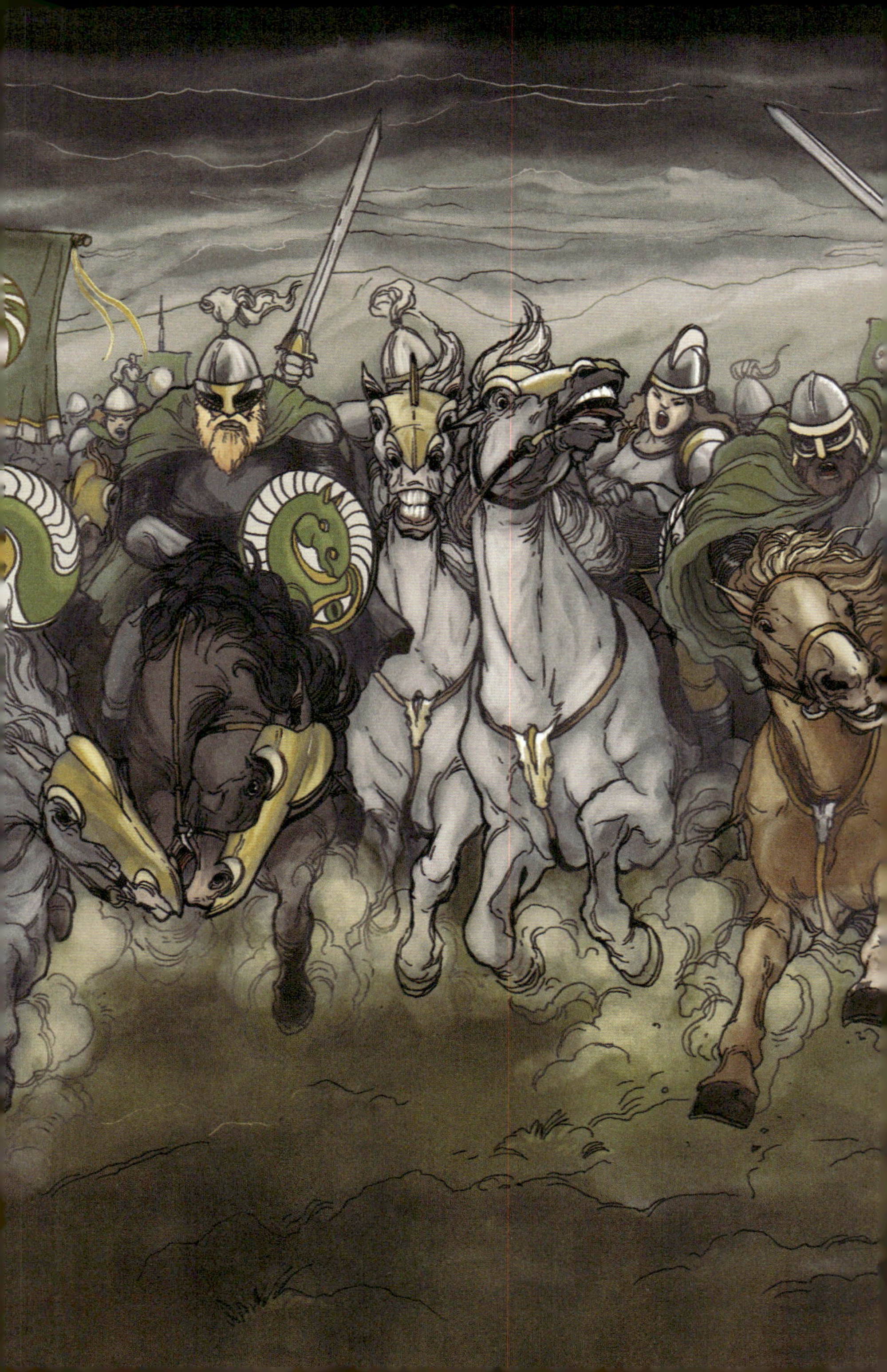

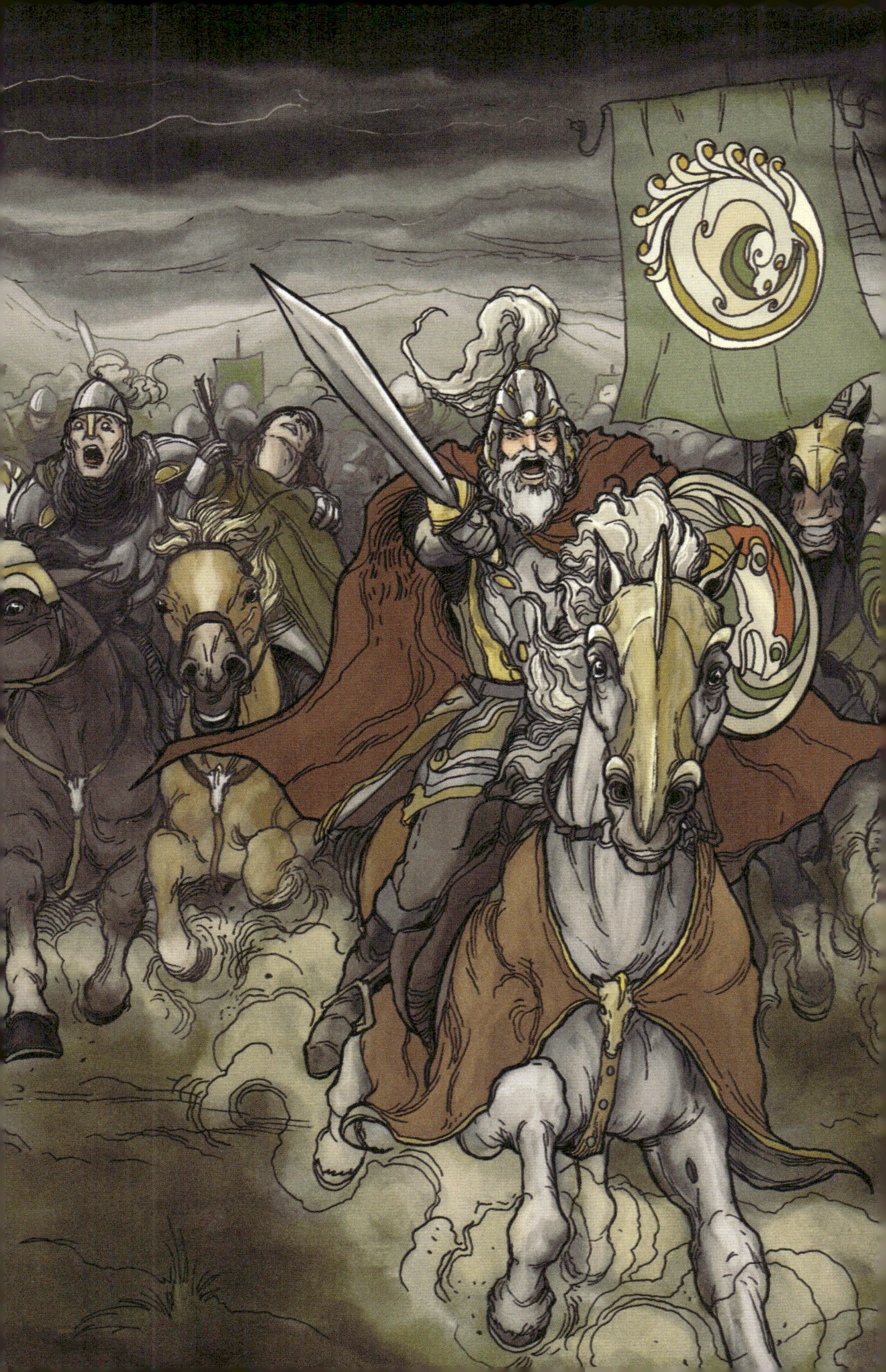

托尔金的英雄

圣盔谷和闪闪发光的洞穴

在号角堡战役中,矮人吉姆利被迫在圣盔谷的洞穴中避难并保卫堡垒。这样一来,托尔金让矮人发现了阿格拉隆德闪闪发光的洞穴。

莱戈拉斯、吉姆利和阿拉贡在圣盔谷

第七部分 第三纪元的英雄：第三部分 霍比特人和登丹人

作者承认，这些洞穴在很大程度上借鉴了萨默塞特郡切达尔峡谷真实世界中的壮观洞穴。

然而，吉姆利对阿格拉隆德（意为"闪闪发光的洞穴"）的生动描述清楚地表明，矮人相信这些洞穴是整个中土世界中最大的洞穴和岩洞连锁网络——这一发现使它成为矮人潜在的天堂。在这里，托尔金对语言的精确运用再一次令人瞩目——在这个例子里，是"闪闪发光"这个词和吉姆利这个名字之间的关系。

托尔金从"德维塔尔"（一个古老的北欧矮人名字列表）中挑选了除了吉姆利以外的所有矮人名字。唯一的例外——吉姆利，这个名字在一个非常不同的北欧语文本中提到，出自一篇古老的诗歌《散文埃达》，题为"女占卜者的预言"，或"先知的预言"。然而，吉姆利不是矮人或人类的名字，而是一个地方。吉姆利的意思是"闪闪发光的"，它是北欧天堂的名字：一个巨大的金色屋顶的宫殿和王国，出现在伟大的诸神的黄昏战役和毁灭的九个世界之后。

正如吉姆利在诸神的黄昏之后被认为是北欧人民闪闪发光的天堂一样，托尔金在魔戒战争之后让吉姆利通过阿格拉隆德闪闪发光的洞穴为矮人创造了一个新的天堂。

死之路

根据詹姆斯·弗雷泽爵士（Sir James Frazer）颇具影响力的研究《金枝》（The Golden Bough, 1890—1915），古代人类社会一年只有一位国王。在春天，他被选中或自我展示，被加冕、被款待、被给予他所能得到的一切。然后，在深秋，他被杀了，这样他的血液就会肥沃土壤，在第二年春天"回归"成为新的神圣的国王。"国王死了，国王万岁"是一句很古老的谚语。正是为了把这些神圣的国王带回人间，古代的女神才降落到阴间。

弗雷泽的思想在20世纪的大部分时间里都非常有影响力，在阿拉贡的故事中也能看到。阿拉贡在来到米那斯提力斯，被公认为刚铎之王之前，必须经过一种冥界的形式，沿着死者之路前行。当阿拉贡出现的时候，他扮演的是邓哈罗的亡灵之王，率领一支由不死族战士组成的可怕军队对抗昂巴的海盗。就像《新约》里的耶稣——对弗雷泽来说，他是神圣之王的一个例子——阿拉贡降落到"地狱"去释放那些"被囚禁的灵魂"。

阿拉贡声称自己是登丹王国的真正继承人，他的"治愈之手"

证实了这一点，而他对植物和草药治疗特性的精灵般的知识也使他与众不同。

在刚铎之围之后，阿拉贡用药草阿夕拉斯将洛汗的护盾少女伊欧玟从女巫王的黑暗气味所引起的死亡般的恍惚中带了回来。在加洛林的传说中，查理曼被认为能够通过使用被称为"苦莱"的草药来治愈那些被瘟疫击倒的人。在这两种情况下，这些草药只有在国王的治愈之手的帮助下才能发挥神奇的治疗作用。这一点在中土世界的民间传说中得到了承认，托尔金告诉我们，在中土世界，阿夕拉斯的通称是"国王之翼"。

护盾少女伊欧玟

在帕兰诺平原战役中，安格玛巫王被洛汗的护盾少女伊欧玟和霍比特人梅里雅达克·烈酒鹿杀死。伊欧玟属于史诗故事与传奇世界中一种古老的女战士。在北欧的《沃尔松格传说》和德国的《尼龙伯根之歌》，我们有类似的女英雄孪生人物布琳希尔德和布伦希尔德。在《沃尔松格传说》中，布琳希尔德是一个女武神，一个美

托尔金的英雄

伊欧玟杀死了安格玛巫王的坐骑

丽的女战士,她反抗奥丁,后来被睡眠之刺刺穿,被囚禁在火环中。就像睡美人一样,她被一个英雄从睡梦中唤醒——在此故事中,她爱上了屠龙者齐格鲁德。在《尼龙伯根之歌》中,布伦希尔德(Brunhild,"装甲女战士")是冰岛的勇士女王,她爱上了齐格鲁德的中世纪德国对手齐格弗里德。

第七部分 第三纪元的英雄：第三部分 霍比特人和登丹人

布琳希尔德和布伦希尔德都借鉴了历史上臭名昭著的西哥特女王布伦希尔达。就像在伊欧玟中有布琳希尔德和布伦希尔德的影子一样，齐格鲁德/齐格弗里德和阿拉贡之间也有相似之处。同样，托尔金从布琳希尔德/布伦希尔德对齐格鲁德/齐格弗里德无望的爱中，找到了伊欧玟对阿拉贡的单相思。例如，齐格鲁德与另一位王后克里姆赫尔德订婚，正如阿拉贡与护盾少女伊欧玟订婚一样。就像武士女王布伦希尔德通过婚姻变成了根拿国王的妻子，护盾少女伊欧玟也一样，她嫁给了刚铎的摄政王迪耐瑟二世的儿子、波罗莫的弟弟法拉米尔，尽管并没有得到悲惨的结果。

黑帆与刚铎之围

在刚铎之围的帕兰诺平原战役上，有一段情节反映了古希腊英雄忒修斯神话的高潮。在希腊神话中，英雄忒修斯是雅典王位的继承人。尽管预言他弑君，但他的父亲欢迎他回来。当忒修斯发现雅典必须每年向克里特岛的米诺斯国王供奉七位少年和七位少女作为祭品时，他决定结束这场血腥的祭祀。忒修斯乘坐一艘黑色的贡船出发前往克里特岛，在那里，他将和其他雅典人一起，在米诺斯国王的迷宫里被献祭给牛头人身的弥诺陶洛斯。

在他离开的时候，忒修斯向他的父亲雅典的国王许诺，如果他杀死了弥诺陶洛斯，把人民从奴役中解放出来，他就会把船帆换成白色，作为胜利的象征。然而，急于求成的忒修斯忘记了他的诺言。可悲的是，他的父亲老国王，看到贡船返回，巨大的黑帆仍然挂着。他相信他的儿子忒修斯已经死了，他的国家仍被奴役，老国王从卫城的高望台船头往岩石上跳下。

在《指环王》中，我们有刚铎的摄政王迪耐瑟，他看到一支强大的昂巴海盗的黑帆舰队在帕兰诺平原战役的关键时刻沿着安都因河航行。摄政王相信他的儿子法拉米尔死于中毒，他在战场上的所有部队都被击溃和屠杀，他认为敌人的增援部队在黑帆战舰上，将使保卫刚铎成为不可能。绝望的迪耐瑟发疯了，他看错了标志，在柴堆上自焚而死；然而，就像忒修斯的父亲一样，刚铎的摄政王也犯下了悲剧性的错误。和忒修斯一样，阿拉贡也取得了胜利，他俘虏了海盗队的黑帆战舰，被证明是战争的转折点。

就像雅典摆脱了暴君的威胁，忒修斯接替他的父亲成为国王一样，刚铎也摆脱了巫王的威胁，阿拉贡重新成为国王。

第七部分 第三纪元的英雄：第三部分 霍比特人和登丹人

黑门战役

在所有中世纪德国史诗和浪漫故事中，狄特里希·封·贝尔恩与亡灵巫师贾尼巴斯的战争最令人联想到阿拉贡与魔戒之主索伦和他的仆人的战争。当然，这个故事的许多方面都暗示了托尔金魔戒战争的主要主题和人物。

狄特里希·封·贝尔恩是根据一个真实的历史人物改编的：希奥多利克大帝（454—526），东哥特人的国王，后来成为意大利的统治者。然而，在虚构的故事循环中，他的权力崛起与托尔金笔下的阿拉贡并无二致。

狄特里希的敌人亡灵巫师贾尼巴斯是一个强大的巫师，他以幽灵般的黑暗骑手的形式出现，骑在幽灵般的骏马上，指挥着庞大的巨人、邪恶的人、怪物、恶魔和地狱猎犬的军队。在阿尔卑斯山的高山上，狄特里希发现，贾尼巴斯已经包围了美丽的冰雪女王耶拉斯布朗特的城堡。

亡灵巫师的部落就像黑海一样涌向城堡的大门。在一次勇敢的围城行动中，狄特里希屠杀了他面前所有的人，但事实证明这是徒劳的，因为在亡灵巫师的召唤下，死者再次站起来战斗。

然而，当发现贾尼巴斯用铁板指挥他的部队时，狄特里希开始追赶这个黑骑士。当贾尼巴斯从他的幽灵战马上掉下来时，狄特里希举起剑击碎了那块铁板。随着铁板的破碎，山上的冰川崩裂，形成巨大的雪崩，将所有邪恶的巨人、幽灵和不死者永远掩埋。

贾尼巴斯是一名黑暗骑手，他的传说就像索伦和灵界领袖安格玛巫王的结合体。铁板堪比托尔金的至尊魔戒，故事的高潮读起来很像在魔多黑门的终极战斗。贾尼巴斯邪恶军团的铁板的毁灭和索伦军团的至尊魔戒的毁灭，以及他的魔多王国的灭亡是一样的。

重联王国和神圣罗马帝国

托尔金经常指出，很多读者看到了阿拉贡和亚瑟王之间的联系，却忽略了阿拉贡和查理曼之间的联系。

在托尔金看来，在从废墟中重建刚铎和亚尔诺重联王国的任务中，阿拉贡就像历史上的查理曼大帝——他从古代罗马帝国的废墟省份中重建了神圣罗马帝国。阿拉贡和查理曼都打过许多仗，赶走了侵略者，建立了军事和民间联盟，带来了和平与繁荣的时代。

一旦将敌人打败，阿拉贡和查理曼都迅速重建了古老的习惯法，建立了通用货币，重建了古老的道路和邮政系统。两者都激发了文化、艺术和文学的黄金时代。查理曼大帝成为第一位神圣罗马的皇帝（除了名字之外，他实际上被加冕为"罗马皇帝"），而阿拉贡则被改名为"埃勒萨·泰尔康塔"，成为重联王国的至高国王。

从地理角度来看，托尔金看到了这个重联王国一片广阔的土地，类似于查理曼大帝的帝国。《指环王》的故事发生在中土世界的西北部，大致相当于欧洲大陆。事实上，托尔金在一封信中写道："故事的进展，最终就像重建了一个有效的神圣罗马帝国，并将其总部设在罗马。"

托尔金的英雄

和平使者弗罗多

在古代文学和神话中,弗罗多名字的变化与"和平使者"的角色有关。在《贝奥武夫》中,有希思伯德之王弗罗达;在北欧神话中,弗罗提国王统治着一个和平与繁荣的王国;此外,在冰岛文化中,我们发现短语"弗罗塔-弗里斯"(Frotha-frith),意为"弗罗提的和平",意指传说中的"和平与财富时代"。这与弗罗多的同情心一致,他试图在他所有的冒险中避免流血。在战争的大屠杀之后,智慧的弗罗多成为了中土世界受人尊敬的顾问和和平使者。

当然,在夏尔,霍比特人的经历相当于北欧传说中的弗罗塔-弗里斯与弗罗多的和平之旅,在临水战役后一年黄金树第一次开花的霍比屯。饱受战争蹂躏的夏尔发生了变化,充满了精灵般的魔法。在那一年,许多霍比特人所生的孩子都是金发碧眼,夏尔的一切都欣欣向荣。这是丰年,标志着夏尔的黄金时代的开始,是属于和平与财富的时代。然而,随着年龄的增长,弗罗多继续遭受着无法治愈的挥之不去的创伤,智者弗罗多的担忧超越了尘世的事务。

就像希思伯德的弗罗达一样,弗罗多·巴金斯也从凡人的世界进入了童话和神话的永生王国。

持戒人弗罗多通过他的英勇和苦难，成为了中土世界神话时代的救世主。就像托尔金早些时期的英雄水手埃兰迪尔和撒克逊英雄光明天使埃兰迪尔，是如同历史先知施洗约翰一般的神话先驱，托尔金的霍比特人英雄持戒者弗罗多和撒克逊英雄和平使者弗罗提也暗示了其他历史和《圣经》中的和平王子。

最后一次航行：阿瓦隆和亚福隆尼港

托尔金以亚瑟王前往阿瓦隆的神话传说为原型，创作了《指环王》苦乐参半的结局——持戒人离开灰港。这是一个典型的亚瑟王传说凯尔特人式结局，而不是日耳曼式结局。在最后一场战斗之后，身受致命伤的亚瑟被三个美丽的精灵女王带上了一艘神秘的飞船。这艘船载着受伤的国王向西穿过水面，来到阿瓦隆的仙境。亚瑟在那里得到了治愈，获得了不朽的生命。

亚瑟生命的终结与托尔金小说的结尾类似。然而，这并不是阿拉贡的结局——阿拉贡将死在凡人的世界里。这次去仙境旅行的最

托尔金的英雄

高奖赏是留给别人的。"受伤的国王"是霍比特人弗罗多,他乘坐精灵女王凯兰崔尔的船穿越大海,前往托尔埃瑞西亚的亚福隆尼港的精灵塔,他是《指环王》中真正的英雄。

奇怪的是,在《指环王》和《霍比特人》中,尽管霍比特人似乎常常是人类和精灵英雄性格的喜剧衬托,但几乎所有最伟大的行为都是由霍比特人完成的,或者是由霍比特人煽动的。比尔博的冒险导致了恶龙史矛革的死亡和魔戒的发现。正是梅里雅达克·烈酒鹿和皮瑞格林·图克在树人中间执行的任务导致了艾森加德的毁灭和萨鲁曼的灭亡;而梅里雅达克在帕兰诺平原战役中的英勇行为导致了安格玛巫王的被杀。山姆卫斯·詹吉刺伤并刺瞎了大蜘蛛尸罗,最重要的是,弗罗多将至尊魔戒带到末日裂缝,其破坏导致魔戒之主索伦之死,战争直接结束。

最终,霍比特人才是真正的英雄。谦虚的弗罗多·巴金斯完成了魔戒征程。他这样做的代价是他的健康和无法治愈的中毒伤口。受伤的霍比特人——就像受伤的亚瑟一样——被带到了水上。不是阿拉贡国王,而是弗罗多——心中的英雄——被选中航行到永生的土地。

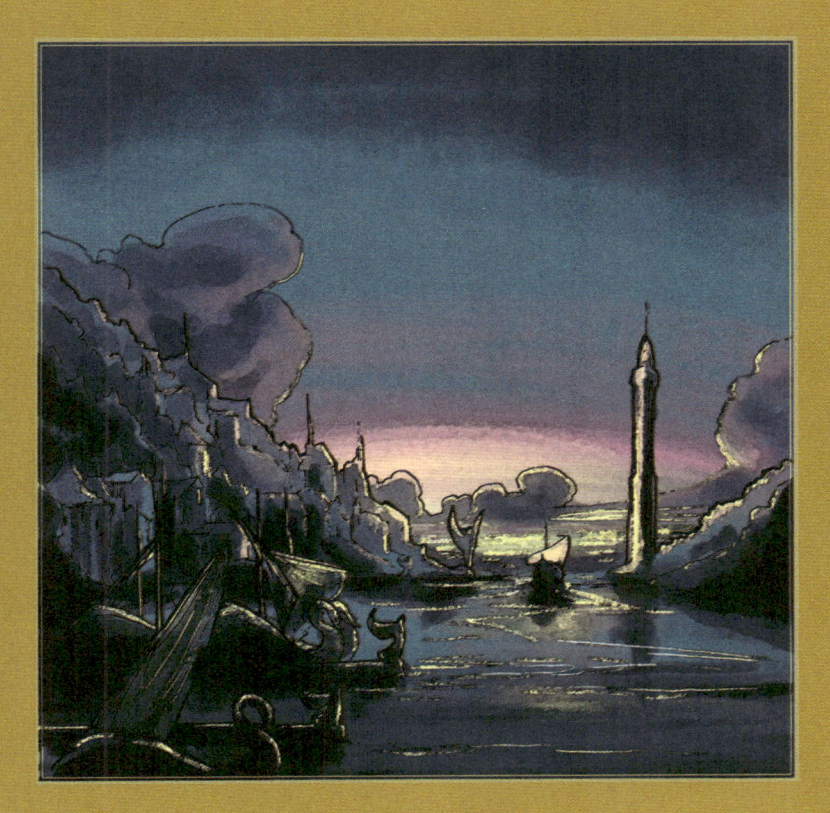

弗罗多从灰港出发

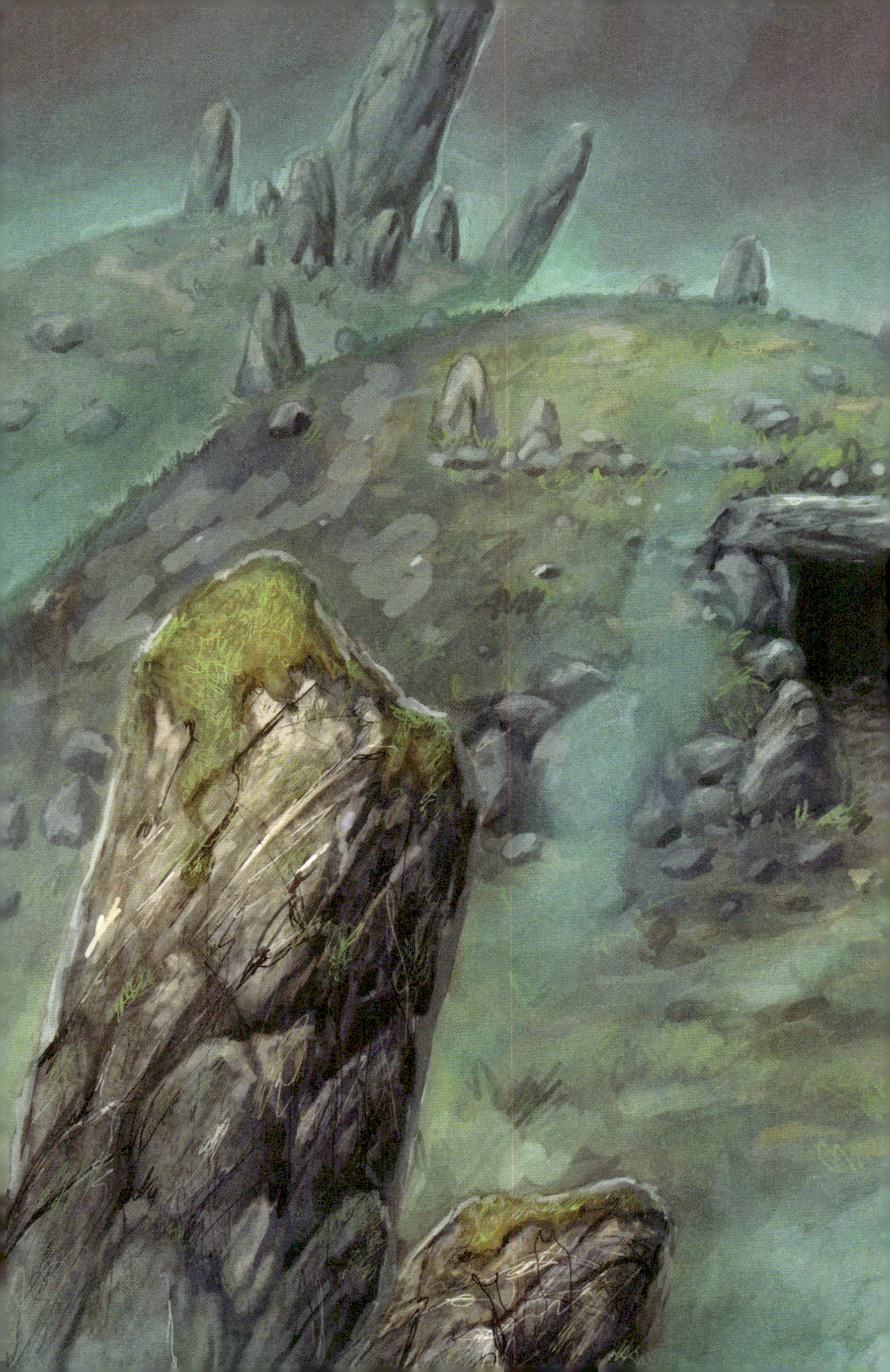

闹鬼的古冢丘陵

图书在版编目（CIP）数据

托尔金的英雄 /（加）大卫·戴著；李慧译 . 北京：北京时代华文书局，2025.5.
ISBN 978-7-5699-5599-6

I. I561.074

中国国家版本馆 CIP 数据核字第 2024T5D971 号

The Heroes of Tolkien
Text copyright © David Day 2017.
Artwork, design and layout copyright © Octopus Publishing Group Ltd 2017.
All rights reserved.
First published in Great Britain in 2017 by Cassell, a division of Octopus Publishing Group Ltd.
Simplified Chinese edition © 2025 by Beijing Times Chinese Press.
Simplified Chinese rights arranged through CA-LINK International LLC.

This book has not been prepared, authorised, licensed or endorsed by J.R.R. Tolkien's heirs or estate, nor by any of the publishers or distributors of the book The Lord of the Rings or any other work written by J.R.R. Tolkien, nor anyone involved in the creation, production or distribution of the films based on the book.

北京市版权局著作权合同登记号 图字：01-2024-2983

TUOERJIN DE YINGXIONG

出 版 人：	陈　涛
责任编辑：	薛　治
执行编辑：	洪丹琦
责任校对：	初海龙
装帧设计：	孙丽莉　段文辉
责任印制：	刘　银　訾　敬

出版发行：北京时代华文书局 http://www.bjsdsj.com.cn
　　　　　北京市东城区安定门外大街 138 号皇城国际大厦 A 座 8 层
　　　　　邮编：100011　电话：010-64263661　64261528

印　　刷：天津裕同印刷有限公司
开　　本：880 mm×1230 mm　1/32　　成品尺寸：145 mm×210 mm
印　　张：7.75　　　　　　　　　　　　字　　数：160 千字
版　　次：2025 年 5 月第 1 版　　　　　印　　次：2025 年 5 月第 1 次印刷
定　　价：98.00 元

版权所有，侵权必究
本书如有印刷、装订等质量问题，本社负责调换，电话：010-64267955。